水浒传 AR

（明）施耐庵　原著
蓁叶文化科技　改编

全国百佳图书出版单位
APGTIME 时代出版
时代出版传媒股份有限公司
黄山书社

图书在版编目(CIP)数据

AR 水浒传 /(明)施耐庵原著;蓁叶文化科技改编.
—合肥:黄山书社,2020.10
ISBN 978-7-5461-9367-0

Ⅰ.①A… Ⅱ.①施…②蓁… Ⅲ.①章回小说－中国－明代
Ⅳ.①I242.4

中国版本图书馆 CIP 数据核字(2020)第 213978 号

AR SHUIHUZHUAN
AR 水 浒 传

(明)施耐庵 原著
蓁叶文化科技 改编

出品人 贾兴权
策　划 马　磊　罗倩华
编辑统筹 高　杨
责任编辑 刘莉萍
特约编辑 王小爬
美　术 张美琪
技　术 周荣庭　武　警　张　强　蒋泽坤　刘建飞
责任印制 李　磊
装帧设计 马则文　钱志刚
出版发行 时代出版传媒股份有限公司(http://www.press-mart.com)
黄山书社(http://www.hspress.cn)
地址邮编 安徽省合肥市蜀山区翡翠路 1118 号出版传媒广场 7 层 230071
印　刷 安徽新华印刷股份有限公司
版　次 2021 年 9 月第 1 版
印　次 2021 年 9 月第 1 次印刷
开　本 889 mm×1194 mm 1/16
字　数 150 千字
印　张 9
书　号 ISBN 978-7-5461-9367-0
定　价 128.00 元

服务热线 0551-63533706
销售热线 0551-63533761
官方直营书店(https://hsss.tmall.com)

出版说明

《水浒传》是我国古典四大名著之一，自问世以来，便流传广泛，影响深远。其版本众多，如注音彩绘版、名家点评版、绘本版、连环画版、绣像版等，这些版本形式上为图文结合的二元结构，带给读者的是传统的阅读体验。近年来，黄山书社在创新中华优秀传统文化传承方式方面积极探索，《AR 水浒传》利用 AR（增强现实技术）将《水浒传》中的人物、情节、器物等多媒体化，立体地呈现给读者，使水浒世界跃然纸上。

本书有五大特色：

其一，致敬原著，精心改编。本书定位是少儿读物，为了符合少儿群体的认知水平和阅读习惯，我们对原著进行了精心的改编，保留了原著的主要故事情节，将原著提炼浓缩为 27 章，并邀请了相关专家进行审稿，保证内容的准确性。此外，本书语言上力求通俗易懂，还增加了注音，这既有助于少儿自主阅读，也适合家长指导孩子阅读。

其二，AR 场景，活灵活现。本书 AR 场景由安徽蓁叶文化科技有限公司技术研发，全书构建了 100 多个人物、建筑、场景等 3D 模型，突破了传统图书只有图文的二元结构，融入了声音、动画、3D 模型以及交互程序，丰富了内容资源，拓展了视觉空间。

其三，原创绘画，图文并茂。为达到精美的呈现效果，贴近少儿的阅读需求，本书插画采用了卡通风格，并从 200 多幅手绘稿中精选出 50 多幅，力求人物形象、情节场景等生动有趣，图文相得益彰。

其四，互动游戏，动脑动手。为了激发孩子的阅读兴趣，我们突出《AR 水浒传》的交互性，精心设计了 AR 互动小游戏，小读者能够与 AR 场景中的鲁智深、林冲等英雄形象进行互动，也可以在看书之余玩玩诸如跨越障碍的小游戏，这既增强了图书内容的益智性和趣味性，又锻炼了孩子的思维能力和动手能力。

其五，故事听读，名著百科。本书配套 APP 中加载了每一章的音频资源，少儿可以随时随地听故事，感受经典名著的魅力。名著百科是对《水浒传》中人物知识的补充延伸，可以拓展知识面，进一步激发少儿对经典名著的兴趣。

《AR 水浒传》是运用现代科技演绎传统经典的一次有益尝试，是践行中华优秀传统文化新媒体传播工程的生动体现，对普及传统文化，推动文化产业升级，加速传统出版行业与现代科技的融合发展具有重要意义。

AR 科技全新演绎，水浒英雄世界扑面而来。让我们一同进入本书，去探寻好看、好听、好玩的水浒英雄世界吧！

温馨提示

请翻阅本书最后一页《用户使用手册》，以便正确使用本书。

目录

dì yī zhāng jiǔ wén lóng dà nào shǐ jiā zhuāng
第一章 九纹龙大闹史家庄

sòng cháo zhé zōng huáng dì zài wèi qī jiān kāi fēng fǔ yǒu gè míng jiào gāo èr de shì jǐng pō pí tā cóng xiǎo bú wù zhèng yè tī de yì jiǎo hǎo jū qiú jīng shī de rén jiào shùn kǒu le hǎn tā gāo qiú tā biàn gǎi zuò gāo qiú zhè rén píng shí chī hē piáo dǔ wú è bú zuò céng ái guò bǎn zi bèi zhú chū le jīng chéng hòu lái yīn zhé zōng dà shè tiān xià tā cái huí jīng yīn jū qiú tī de hǎo bèi duān wáng shǎng shí cóng cǐ gāo qiú biàn liú zài duān wáng fǔ zhōng yǔ duān wáng tī qiú wán lè

宋朝哲宗皇帝在位期间，开封府有个名叫高二的市井泼皮，他从小不务正业，踢得一脚好鞠球，京师的人叫顺口了喊他高毬，他便改作高俅。这人平时吃喝嫖赌，无恶不作，曾挨过板子，被逐出了京城，后来因哲宗大赦天下他才回京。因鞠球踢得好被端王赏识，从此高俅便留在端王府中与端王踢球玩乐。

bù jiǔ hòu zhé zōng huáng dì jià bēng duān wáng shùn yì jì wèi wéi sòng huī zōng huī zōng dēng jī bù jiǔ biàn jiāng gāo qiú tí wéi tài wèi

不久后，哲宗皇帝驾崩，端王顺意继位，为宋徽宗，徽宗登基不久，便将高俅提为太尉。

gāo qiú xuǎn zé liáng chén jí rì shàng rèn guān yuán men dōu lái cān bài wéi dú bā shí wàn jìn jūn tóu lǐng wáng jìn yīn bìng méi dào zhè ràng gāo qiú shí fēn nǎo nù lì jí hǎn lái wáng jìn yí dùn tòng mà

高俅选择良辰吉日上任，官员们都来参拜，唯独八十万禁军头领王进因病没到，这让高俅十分恼怒，立即喊来王进一顿痛骂。

wáng jìn bèi mà de bù gǎn kēng shēng tái tóu yí kàn yuán lái zhè gāo tài

王进被骂得不敢吭声，抬头一看，原来这高太尉竟然是当年开封府的无赖高俅，还曾被自己的父亲责罚过，今日落到他的手里以后恐怕没有好日子过了。

王进忍气吞声回到家中，与母亲商议此事，王母说："我儿啊，三十六计，走为上策。"

于是，母子二人连夜离开，往延安府去了。

二人一路奔波，途中找了一户人家借宿，主人史太公热情好客，安排了饭菜和房间。

不想王母卧病不起，待病好启程时，王进看到马厩内有一个小伙子，刺着一身青龙，拿着一根棒在练武，王进看了会儿，忍不住开口："这棒使得好是好，但赢不了真好汉。"

年轻人闻声怒问："你是什么人，敢来嘲笑我！我这棒法可是八九个有名师父教的，有胆量比试比试。"

这时史太公走来，呵斥道：“休得无礼，这是咱家的客人。”原来这小伙儿是太公的儿子，名叫史进，因身上刺了九条栩栩如生的青龙，人称“九纹龙”。

王进笑道：“若你们父子看得起我，我愿意教公子几招。”

太公很高兴，史进却不服气，非要比试一番。他抡起棒子猛扑过来，王进不慌不忙闪身躲过，顺势朝着对方一棒，史进摔了个仰面朝天，慌忙爬起拜师。

半年后，史进十八般武艺学得样样精通，王进便带着母亲去了延安府。他们走后不久，史太公病逝，史进便整日找人比武，还与少华山的三个草寇结交为朋友，这三人一直被官府通缉捉拿。

中秋时节，史进与三人赏月饮酒，被猎户李吉看到，告发史进私通贼寇，官府连夜派人捉拿史进，将史家庄围得水泄不通。

朱武见了，便对史进说：“哥哥，你身家清白，是被我们连累，不如你把我们绑起来交给官府。”

史进一听，怒道：“捉你们请赏，岂不让天下人耻笑，我们杀出去便是了。”说罢，他领着朱武、杨春、陈达冲了出去，这四人英勇神武，见一个杀一个，打得官兵落荒而逃。

史进自知这史家庄已经不能再待，一把火烧了庄院，一起奔少华山而去，在山上住了数月后，他不想落草为寇，便告别了朱武兄弟，去延安府投奔师父去了。

落草为寇

【解释】　旧时指逃入山林做强盗。新意可解释为：一个好好的人，流落到山林草莽，成为贼寇。

【示例】　朱武等人没有办法，只好落草为寇。

第二章　拳打镇关西

话说史进手提朴刀来到渭州城，在这里结识了提辖鲁达，他也是个豪爽之人，喜欢结交天下豪杰。两人碰到打虎将李忠，那正是史进的第一个师父，三人来到酒楼喝酒叙旧，忽然听到有啼哭声，鲁达性子急躁，叫来店家询问，方知这父女是来渭州投靠亲戚，不料亲戚搬走，父女俩被当地的财主镇关西郑屠夫趁机写了三千贯钱的假文书，将女儿翠莲骗到家中做妾，却被大夫人赶了出来，郑屠夫又拿出假文书逼他们还钱，父女俩只好在酒楼里卖唱还债。

鲁达听后勃然大怒，给了父女俩一些盘缠，自己去找那郑屠夫算账。郑屠夫开了间门面，有两副肉案，挂着三五块猪肉，他正坐在里面看十来个刀手卖肉。

鲁达走到门前，叫声："郑屠夫！"

郑屠夫瞧是鲁提辖，慌忙出来请鲁达坐下，鲁达开口说："我奉经略相公之命，要十斤精瘦肉，切成肉馅，不能见半点肥。"

郑屠夫忙吩咐伙计："你们快去切十斤好肉。"

鲁达说："你亲自给我切。"

郑屠夫只得答应："说的是，小人切便是了。"

郑屠夫整整切了半个时辰，切完后，鲁达又说："再要十斤肥的，不要一点瘦肉。"

郑屠夫一愣，憋着一股子气，又切了半个时辰，切完后，鲁达又道："再要十斤软骨剁成馅，不要一点肉在上面。"

郑屠夫笑道："提辖是不是特地耍弄我？"

鲁达一听，立刻跳了起来，拿着两包

肉，指着他就骂：“洒家就是特地耍弄你！”说着将两包肉朝郑屠夫的脸迎面打去，像下了一场“肉雨”。

郑屠夫大怒，按捺不住心头这股火，从肉案上抢了一把剔骨尖刀冲上去，鲁达顺势按住他的左手，朝着小腹就是一脚，“扑通”一声就将他当街踢倒，口中骂道：“你个卖肉的屠户，猪狗一般的人，也配叫镇关西？我问你，你是怎么强骗了金翠莲的？”

说完就是一拳，打得郑屠夫的鼻子歪在一边，脸上像开了个油酱铺，酸的、咸的、辣的，一起滚了出来。

郑屠夫被打得爬不起来，口里直叫：“打得好！”

鲁达骂道：“还敢嘴硬！”接着又是一拳，打得郑屠夫眼珠迸出，又像开了个彩帛铺，红的、黑的、紫的，都流了出来。

郑屠夫连连讨饶，鲁达越加生气，骂道：“如果和俺硬到底，洒家倒还能饶了你，如今向我讨饶，洒家偏不饶。”挥起又是一拳，正打在太阳穴上，打得郑屠夫口里只有出的气没有进的气，动弹不得。

鲁达暗叫：“不好，这小子不经打，不料两三拳竟然给打死了，这下洒家要吃官司了，不如趁早逃了吧。”想着便站起来假意骂他装死，一边骂一边大步赶回住处，急忙收拾了些细软，提着一条齐眉短棒一溜烟走了。

那郑屠夫没抢救活，众人将鲁达告上州衙，知府出了文书通缉鲁达，到处张挂鲁达的画像，各路追赶。

勃然大怒

【解释】 因生气或惊慌等变脸色的样子。形容人非常生气的样子。

【示例】 妈妈听了我说的话，顿时勃然大怒。

第三章　花和尚倒拔垂杨柳

鲁达被官府通缉后一路逃亡，只好去五台山当了和尚，法名“智深”，可庙里规矩太多，他屡屡犯戒，长老便让他去东京相国寺寻个容身之地。

鲁智深来到相国寺，智清长老知道他难以管教，怕他又在东京惹出事端，不好收留。这时一个和尚说：“酸枣门的菜园，经常被二十来个泼皮祸害，不如叫他去那里看管。”

且说菜园那些偷菜的混混，知道鲁智深来到此处，商量着要给鲁智深下马威，于是拿着些果盒酒礼，笑嘻嘻地说：“知道师父来这里住，我们特来庆祝庆祝。”

鲁智深不知是

计，那伙泼皮见此一齐涌来，一个绊左脚，一个绊右脚，想把他推到旁边的粪坑里。岂料被鲁智深先发制人，左脚一个，右脚一个，一拳落下，只听得“扑通”几声，全都被打进粪坑里。

这伙泼皮中，为首的一个叫作“过街老鼠”张三，一个叫作“青草蛇”李四，两人一身臭屎，大叫：“师父！求师父饶了我们吧。”鲁智深这才罢休。

第二天，这些泼皮凑了些钱，买了酒菜请鲁智深吃席，正在尽兴时，忽然听到一株杨柳树上有乌鸦叫，有人说：“乌鸦叫不吉利……快找梯子上去拆了它的窝。”

鲁智深来到树下，看了看树，将长袍脱去，俯下身来抱住树身，猛一发力便将那杨柳树连根拔起。

这让众人惊叹连连，一齐跪拜在地，直叫：“师父哪里是凡人，恐怕是罗汉金身啊。”

鲁智深不屑地说道：“这有什么，明天你们再来看我演武。”

AR

dì èr tiān zhòng rén xiāng yuē ér lái lǔ zhì shēn ná chū chán zhàng zài yuàn
第二天，众人相约而来，鲁智深拿出禅杖在院
zǐ lǐ shuǎ le qǐ lái kuài rú shǎn diàn ěr biān hū hū fēng xiǎng kàn de zhòng
子里耍了起来，快如闪电，耳边呼呼风响，看得众
rén mù dèng kǒu dāi zhè shí hū rán tīng dào qiáng wài yǒu rén hè cǎi shuǎ de
人目瞪口呆，这时忽然听到墙外有人喝彩："耍得
hǎo shuǎ de hǎo
好，耍得好！"

lǔ zhì shēn wèn dào zhè shì shén me rén
鲁智深问道："这是什么人？"

lǐ sì huí dào tā shì bā shí wàn jìn jūn jiào tóu bào zi tóu lín chōng
李四回道："他是八十万禁军教头豹子头林冲。"

lǔ zhì shēn yì tīng zǒu guò qù shuō dào sǎ jiā shì guān xī lǔ
鲁智深一听，走过去说道："洒家是关西鲁
dá xiǎo shí lái dōng jīng céng jiàn guò lìng zūn lín tí xiá
达，小时来东京曾见过令尊林提辖。"

liǎng rén xiāng jiàn hèn wǎn liáo de hěn shì tóu yuán dāng jí jué dìng jié wéi
两人相见恨晚，聊得很是投缘，当即决定结为
xiōng dì tóng huàn nàn gòng shēng sǐ
兄弟，同患难，共生死！

相见恨晚

【解释】 只恨相见得太晚。形容一见如故，意气相投。

【示例】 我和同桌越说越投机，真有点相见恨晚。

第四章　鲁智深大闹野猪林

高太尉有个干儿子，平日胡作非为，整天无所事事，京师的人喊他“花花太岁”。这天，他正巧碰到林冲的娘子，见她长得十分好看，动了贼心，幸好被林冲及时赶来阻止了。

这人因此对林冲耿耿于怀，装病不起，惊得高太尉前来探望。得知此事后，高太尉设计诬陷林冲擅闯白虎堂，将他充军去了沧州。高太尉暗地里送钱给两个公差，让他们在路上取了林冲的性命。两人带他来到一处险地，名

为野猪林。

趁着林冲坐下休息时，两人用绳子将他绑在树上，跳起来说道：“不是俺们要杀你，而是那高太尉让我俩取你性命，反正你早晚都得死，不如趁早做个了断，我们也好早点回去交差。”

林冲听完与他们商谈：“我与你二人往日无冤，近日无仇，你二位如果能放过我，这生死大恩我定不会忘。”

这两人不听，举起棍子劈头就要打下来，千钧一发之时，忽然听到松树背后雷鸣似的一声，只见一根铁禅杖飞过来，把那棍打到九霄云外，树后跳出一个胖大和尚，喝道：“洒家在这里等你多时了。”

林冲定眼一瞧，原来是鲁智深，他抡起禅杖就要打这两人，被林冲急忙拦住：“师兄，别伤了他们性命，要杀我的是那高太尉，与他们无关。”

鲁智深拿出戒刀，割断绳索将林冲扶起，说道：“自你被发配到沧州，我就一路远远跟着，这

两个人昨夜用热水烫伤了你的脚，我就想打死他们，但见客店人多便没有声张，今天我就在这里打死他们。”

林冲苦苦相劝，鲁智深才肯罢休，对着两个公差喝道：“今天要不是看我兄弟面子，我就把你们剁成肉酱。”这两人吓得哆哆嗦嗦，不敢乱动。

路上，鲁智深雇了一辆车子让林冲坐上去，想走就走，想停就停，两个公差好生伺候着，一句话说不好便被鲁智深一顿暴打，走了半个多月，林冲身上的伤也养好了，鲁智深提出分别，留了几十两银子给林冲，说：“现在去沧州就只剩几十里路了，我已经打听好了，这一路上并无险恶之地，洒家就此与你分开，后会有期。”

他又给了两个公差几两银子，指着路边的一棵松树，喝道：“你们两个要再生歹心，就摸摸头有没有这棵松树硬。”说完，鲁智深抡起禅杖，只一下就把那松树齐齐打断。

两人惊得吐出舌头来，半晌缩不回去，直叹：“好厉害的鲁莽和尚。”

林冲回道：“这有什么，相国寺的杨柳树他都能连根拔起。”两人这才得知，原来这和尚便是那鲁智深！

九霄云外

【解释】　在九重天的外面。形容远得无影无踪。
【示例】　我把老师的嘱咐抛到九霄云外了。

第五章　林冲风雪山神庙

前往沧州的路上，有个大财主，人称“小旋风”柴进，他专爱结交江湖好汉，那些流配的犯人从这里经过，他都会备上酒水银两。

林冲经过此地时，有人介绍他去找柴进，两个公差也想贪点便宜，所以一同前往。三人来到柴进的庄院，正巧碰到柴进打猎回来，柴进得知他正是那东京教头林冲，忙上前说道：“我久闻教头大名，今日来到这里，足以了我仰慕之愿。”说完便拉着林冲进了庄院，备上酒席，亲自接待他。

二人一见如故，聊得开心，柴进留他过了一夜。第二天，林冲辞别了柴进，随着公差前去沧州。不到中午，三人就来到沧州府衙，因有柴进的书信推荐与打点，林冲不仅免去了一百杀威棒，还安排了个差事，叫他看守天王堂，每日烧香扫地，很是清闲。

没多久，牢狱官又叫他去管理草料场。一天晚上，大雪纷飞，寒风刺骨，林冲出去买酒，回来时发现雪将草屋压塌，自己无处安身，想起附近有个破庙，就带上行李，花枪挑着酒葫芦，迎着北风去那破庙里烤火喝酒。

正喝时，就听外面哔哩啪啦像炮竹般响，林冲从门缝里一看，原来是草料场着了火。他拿起花枪，正准备去救火，就隐隐听见门外有人说话，一人说："这真是一条好计。"

另一个回道："多亏了管营的计谋，林冲这次必死无疑，倘若不烧死在里面，草料场失火，他也

山神庙
AR

有责，必是死罪。”

林冲听这三人说话，一个是差拨，一个是陆谦，一个是富安，心想：“天可怜我林冲！若不是倒了草屋，我准被这些人烧死了！”

于是他举着花枪，推开庙门，大喝一声：“泼贼哪里去！”

惊得三人不敢动弹，林冲举手，“嚓”地一枪先搠倒差拨，吓得富安急忙逃跑，被林冲赶上后只一枪就给刺中。

那陆谦想逃，林冲翻身又回来，将陆谦劈胸一提扔在地上，取出刀架他脸上，怒喝：“泼贼，我和你无冤无仇，你为什么要这样害我？”

陆谦吓得直哆嗦：“不关小人的事，这都是高太尉的主意，小人不敢不从啊……”

林冲一口怒气难消，一刀取了他的性命，自知已无藏身之处，迎着寒风烈雪去找柴进。

很快，沧州城内便贴满了告示，要捉拿林冲，

lín chōng bù xiǎng tuō lèi chái jìn yào gào cí lí qù chái jìn zuǒ yòu sī liang
林冲不想拖累柴进，要告辞离去，柴进左右思量，
biàn shuō jì rán xiōngzhǎng yào zǒu wǒ dào yǒu gè qù chù děng wǒ xiě yì
便说：“既然兄长要走，我倒有个去处，等我写一
fēng shū xìn tuī jiàn xiōngzhǎng qù shāndōng shuǐ pō liángshān rú hé
封书信，推荐兄长去山东水泊梁山如何？”

lín chōng wàn fēn gǎn jī ná zhe shū xìn gào bié le chái jìn lián yè
林冲万分感激，拿着书信，告别了柴进，连夜
shàng le liángshān
上了梁山。

一见如故

【解释】 初次见面就很相投，像老朋友一样。

【示例】 我俩虽是初次见面，却一见如故。

第六章 汴京城杨志卖刀

水泊梁山上的寨主，是人称“白衣秀士”的王伦，这人知道林冲武艺高强，生怕他抢了自己的权位，不想收留，但碍于柴进的面子，就故意刁难他，叫他去山下杀一个人。

林冲无处可去，虽然不乐意，但还是提上朴刀下山去了。他等了两天没见人影，第三天，正当林冲想要另谋出路时，忽然见山坡下有个人影。

林冲大喜：“真是天助我也！”将身跳了出去，只见那人拿着朴刀，怒喝：“泼贼，杀不尽的强盗，洒家正要捉你厮，你倒先来了！”说着提步飞一般打来。

林冲看他来势凶猛，大步迎上。这两人一来一往斗了几十个回合，不分胜负。这时王伦带人赶到，见两人不分伯仲，便问了个出身。原来这壮汉就是人称“青面兽”的杨志，乃是杨家将之后，五侯杨令公之孙，年轻时曾应过武举，做过殿司制使官。

大家都是英雄好汉，有缘一见，王伦请他去山上喝酒一聚，几人把酒言欢。酒足饭饱后，杨志辞别了众人，奔往东京而去，王伦便也留林冲在梁山上坐了第四把交椅。

再说那杨志，走了几天来到东京，去找高太尉想复职，不曾想却被一顿痛骂：“你跟九个制使去运花石纲，九个都回到京师交差了，偏你这厮弄丢了，不但不请罪，反而逃跑，像你这种人，我是不会用你的。”

杨志被赶出殿帅府，没求得官职，身上的积蓄也所剩无几，迫于无奈，便拿出祖传宝刀去街上叫卖。

到中午时，他的刀还是没人过问，正在着急时，街上的人忽然四处逃窜，惊叫不断：“老虎来

了，快跑。”

杨志纳闷，这城中哪儿来的老虎呢？只见一个大汉从远处走来，这人就是京城里有名的无赖，人称“没毛大虫牛二”。

牛二走到杨志面前，问：“你这刀多少钱？”

杨志答：“三千贯。”

牛二喝道：“你这什么破刀值三千贯，我三十文就能买一把。”

杨志说：“我这是祖上留下来的宝刀，第一，砍铜剁铁刀口不卷；第二，将头发吹到刀口上立刻就断；第三，杀人刀上不沾血。”

牛二让他演示演示，杨志用刀把铜钱剁做两半，又把头发朝刀口上一吹，头发都做两段。牛二不信杀人刀上没血，杨志让他找条狗做实验，牛二却说：“不是说杀人不沾血吗？狗怎么能行呢？就要杀个人给我

看看！”

杨志见他耍无赖，收起刀不理他掉头就走。牛二追着上去夺他的刀，杨志喝道：“这刀我不卖了。”

牛二不肯罢休：“我今天就要买你的刀。”

“那你给我钱！”杨志喝了一声，牛二耍起赖皮：“我没钱……”

两人几番争执，牛二挥拳打来，杨志大怒，一刀便杀了他，然后去官府自首，官府知道他是为民除害，便判了个误伤人命，将他发配到大名府充军。

不分伯仲

【解释】　伯仲指弟兄排行的次序，伯是老大，仲是老二。意思是分不出第一第二。

【示例】　林冲和鲁智深的武艺真是不分伯仲。

第七章　赤发鬼送信晁家庄

大名府留守叫梁中书，是当朝太师蔡京的女婿，这人平日搜刮民脂民膏，为官不正，曾经在东京见过杨志，知道他有一身好本事，于是就将他留在身边使唤。

端午时节，梁中书将搜刮来的十万金银珠宝作为生辰纲，送给太师蔡京祝寿，左思右想，最终将这件事交给杨志，让他将生辰纲安全押送到东京。

东溪村保正姓晁，名盖，祖上是本乡的富户，平生仗义疏财，使枪耍棒，练得一身好武艺，曾独自一人将青石雕的一座宝塔托回村里，因

此，人称“托塔天王”。

他爱结识天下英雄好汉，只要有人来投奔他的，不论好坏，他都会留在庄上住，走时还会给些银两。这天，晁盖庄上来了几个官差押着一个壮汉，晁盖好酒好肉招待了，便去问那壮汉：“你是哪里人？我怎么没有见过你？”

这人一身黑肉，紫黑阔脸，鬓边一块朱砂痣，回道：“小人是远乡客人，来这里是为了找一个人，没想到却被官差当贼给捉了起来。”

晁盖问：“你找什么人？”

那人说：“他叫晁保正，是天下闻名的英雄好汉，如今我有一笔富贵要跟他讲。”

晁盖听完一惊，说明了身份，让他扮作自己的外甥，从官差手中将他救出，再细问了来历，这汉

子说：“小人姓刘名唐，因鬓边有一记朱砂痣，人称‘赤发鬼’，小弟曾打听到大名府梁中书有十万两金银宝贝，准备送上东京给他丈人蔡太师祝寿。去年他也曾送了十万两，但到半路不知被谁给打劫了，至今也没有捉住。今年这批要赶蔡太师六月十五日生辰前送出。小弟想这一笔不义之财，夺了又有何妨？不如我们在半路上取了。小弟自幼在江湖上飘荡，也学了些本事，早就闻知哥哥大名，是个真英雄，倘若哥哥不嫌弃，我愿祝你一臂之力，不知哥哥意下如何？”

晁盖道：“壮哉，此事还需从长计议，你一路奔波，先去休息吧。”正巧当天半夜，教书先生吴用来到晁家庄上，这人生得眉清目秀，人称“智多星”。

晁盖将刘唐的来意说明，吴用笑说：“小生见刘兄来得蹊跷，也猜到了七八分，这件事是好，但有一件，人不能多，但也不能少，如今只有你、刘

xiōng xiǎo shēng sān rén hái xū qī bā gè hǎo hàn cái néng chéng
兄、小生三人，还须七八个好汉才能成。”

sān rén yòu yì fān shāng yì wú yòng hū rán yǒu le jì móu lián yè qǐng
三人又一番商议，吴用忽然有了计谋，连夜请
lái le lì dì tài suì ruǎn xiǎo èr duǎn mìng èr láng ruǎn xiǎo wǔ
来了“立地太岁”阮小二、“短命二郎”阮小五、
huó yán wáng ruǎn xiǎo qī xiōng dì děng mì mì shāng yì duì cè
“活阎王”阮小七兄弟等，秘密商议对策。

从长计议

【解释】 慢慢儿地多加商量。现也形容从长远的角度考虑。

【示例】 这个问题很复杂，应该从长计议，不要马上就做决定。

第八章　智取生辰纲

杨志押送生辰纲进京，万分谨慎，不肯停歇一直赶路。这天一行人来到黄泥冈，天气干燥闷热，士兵们实在不愿再走了，就在一片松树林里停下来乘凉。

杨志又骂又打，他们就是不愿起身，无奈之下，他也坐下来歇息。这时，一个汉子挑着一副担桶走来，找了个阴凉地休息，一个军士好奇地问：“你挑的是什么？”

汉子回道：“是酒。”

军士们想买一碗解渴，杨志骂道：“不准买！你们可知有多少英雄好汉都被蒙汗药麻翻了，还敢胡乱买

酒喝。”

那汉子说：“我这是正经生意，你可别胡说。”说时，只见远处来了七个贩枣的人，听到争吵声过来询问：“你们吵什么？”

那汉子说：“我挑着酒去冈村卖，天太热就在此乘凉，他们找我买酒吃，我又没卖给他们，这个客官就说我这酒里有蒙汗药，你说可不可笑？”

这七个枣贩听完，笑说：“这不打紧，我们正好也要解渴，你卖一桶给我们，也解了他的疑心。”

汉子便同意了，这七人取了两个瓢来，还捧着一大捧枣，争先抢后打开酒桶，不一会儿便将一桶酒喝完了。

“还没有问你多少钱？”七人喝完才想起来，那汉子说：“五贯一桶，十贯一担。”

其中一人将钱给了他，另一人又打开一桶舀了半瓢去喝，汉子要夺时，这人便拿着瓢跑了。汉子慌忙去追，这时又来了一个人，拿着瓢又往桶里舀了一瓢想偷喝，气得汉子夺过酒瓢盖上酒桶直骂：

“你们这些人真是小人，喝了一桶酒还想占便宜。”

这些军士在旁边看得心里痒痒，齐向杨志求情：“咱们也买一桶吧？”

杨志也是口渴如焚，见这些人喝了一桶，又喝过另一桶酒都平安无事，于是消了戒心，便与军士们一起凑钱买酒，谁知那汉子却摆手：“不卖不卖，这酒里有蒙汗药。”

七人好说歹说，汉子才肯把酒卖给他们，军士们你一瓢我一瓢喝得尽兴，待那酒快被喝完时，杨志见他们都没事，才舀了几瓢喝了解渴。

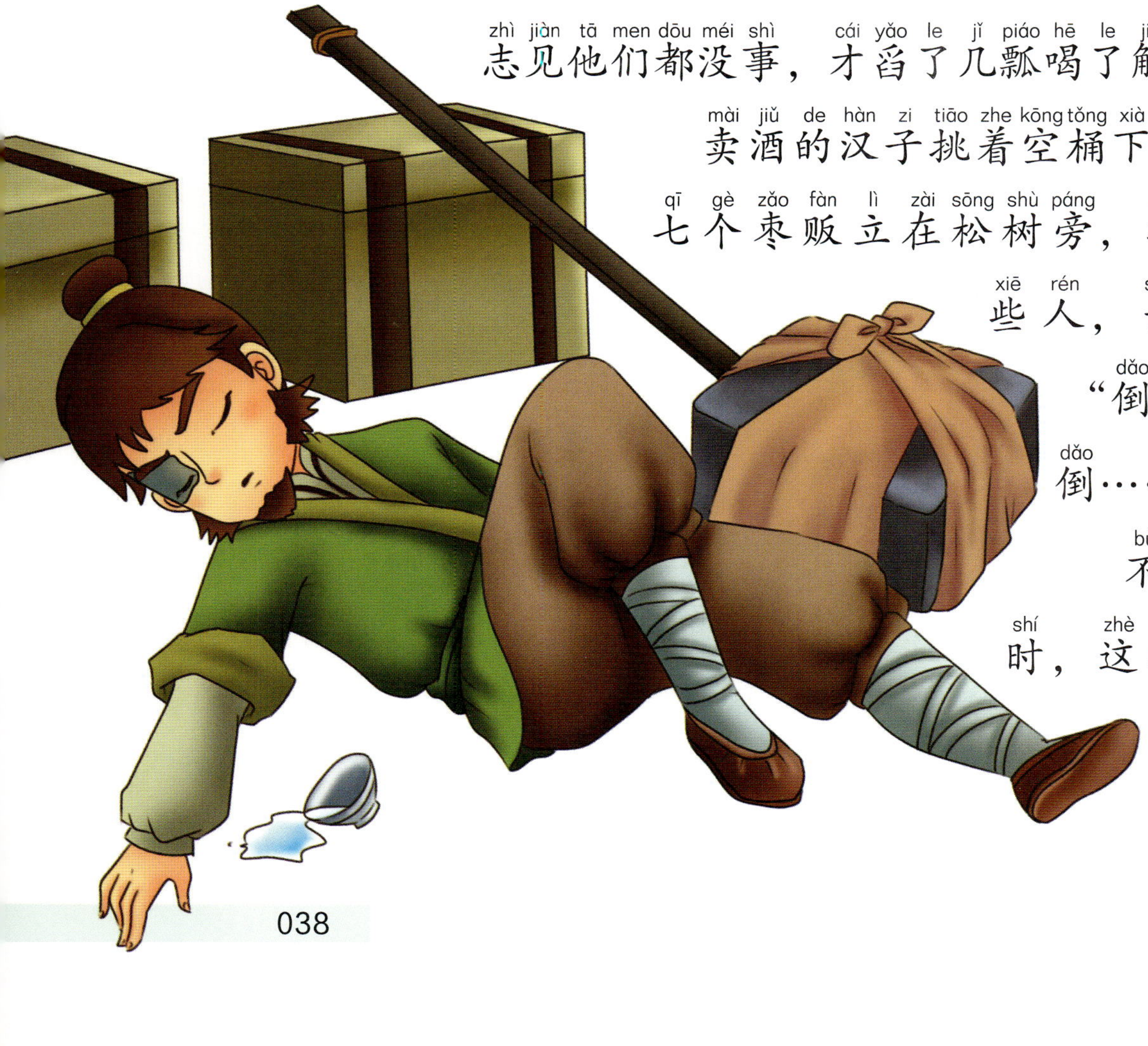

卖酒的汉子挑着空桶下了山，七个枣贩立在松树旁，指着这些人，说道：“倒，倒，倒……”不多时，这些人都觉得

头重脚轻，一个个瘫软在地，那酒贩子也重新回来，和枣贩将金银珠宝全都搬上枣车，推下黄泥冈。

杨志口里只是叫苦，身体软了，挣扎不起，眼睁睁地看着那几个人把这生辰纲装了去。

这些人不是别人，正是晁盖、吴用、阮家三兄弟，还有公孙胜与那白日鼠白胜。

原来这酒挑来时都是好酒，他们先吃一桶，刘唐从另一桶舀了一瓢去喝，证明这桶酒也是好酒，吴用把药下在瓢里又舀了一瓢，那药已经搅到了酒里，剩的这大半桶酒神不知鬼不觉便被下了药，这全是智多星吴用的好计策，唤作“智取生辰纲”。

神不知鬼不觉

【解释】 形容事情做得很秘密，没有被人发觉。

【示例】 宋江神不知鬼不觉地率领着队伍到了大名府。

第九章 宋江私放晁天王

杨志丢了生辰纲，怕被官府追查，听说梁山上聚集着很多英雄好汉，于是就奔着梁山去了。与杨志一起押送生辰纲的人，见杨志走了，就向梁中书谎称杨志勾结贼人抢去生辰纲。

梁中书大怒，连夜写信给岳丈蔡京，蔡京立刻派人赶往济州府，限府尹十日内破案，捉拿贼人归案。

府尹愁的茶饭不思，命手下何涛速速破案。何涛左右打听，知道了一点蛛丝马迹，有人曾在黄泥冈见过那白日鼠白胜挑着酒担。官兵们连夜将白胜带回衙门，动刑拷打，白胜熬不过毒打，招了为首的正是晁盖。

府尹立刻派何涛带着衙役去捉拿晁盖等人，何涛不分昼夜赶到郓城县衙时，正巧碰到押司宋江。

宋江面黑身矮，是个有名的孝子，而且仗义疏财，只要别人有困难，他都能及时给予帮助，人称“及时雨宋江”。

两人吃了茶，宋江一问才知，何涛原来是要去捉拿晁盖。宋江借口先离开，火急火燎赶往晁家庄。

晁盖见他忙问：“押司怎么这么慌张？”

宋江道：“哥哥不知，如今黄泥冈的事已经败露，白胜被关在济州大牢里，已经把你们供出去了，济州府差一个何缉捕带着人奉太师之命来捉你

们七人，我陪上半条性命赶来告诉你，三十六计，走为上计。”

晁盖听完吃了一惊，忙道：“贤弟，大恩难报啊！”

宋江嘱咐道：“哥哥保重，兄弟先回去了！”

宋江出庄后，上马飞一般地又赶回去，与何涛一起回到县衙。知县拆开何涛递上的公文，大惊，对宋江说：“这是太师府亲下的命令，现在立刻派人去捉拿这些贼人。”

宋江故意打掩护，说道：“白天去只怕会打草惊蛇，走漏风声，不如派人在夜间去捉，只要将晁保正捉住，那六人也就有了下落。”

知县觉得有道理，待晚上时立刻派朱仝、雷横前去捉拿晁盖。那朱仝先前和晁盖有过交情，有意想放走他们。夜间晁盖故意放火烧了自家庄院，声东击西，带着几人手提朴刀从后门冲了出去，怒喊：“挡我者死，挡我者死！”

朱仝在黑影里见到他，叫道：“晁保正，朱仝在这里等你多时了，我闪出一条路来让你过去，你不要乱走，听说那梁山水泊收留的全是英雄好汉，你可去那里安身。”

晁盖心怀感激：“兄弟，你的救命之恩，我来日必报！”说罢，便带着几人匆匆赶去与阮氏兄弟相聚，一起上了梁山水泊。

王伦死后，他便当了梁山水泊的寨主，坐上了第一把交椅。

打草惊蛇

【解释】 打草惊了草里的蛇。多比喻做法不谨慎，反使对方有所戒备。

【示例】 这次行动千万要保密，不能打草惊蛇。

dì shí zhāng　wǔ sōng jǐng yánggāng dǎ hǔ
第十章　武松景阳冈打虎

qīng hé xiàn yǒu gè hǎo hàn míng jiào wǔ sōng tā lì dà wú bǐ yǒu yì shēn de hǎo wǔ yì céng yīn zài qīng hé xiàn dǎ le yí gè xiàn lì zài wài duǒ bì le jǐ nián xiǎng qǐ jiā zhōng de gē ge rěn bu zhù sī niàn zhī qíng yú shì jué dìng huí xiāng tàn qīn

清河县有个好汉，名叫武松，他力大无比，有一身的好武艺，曾因在清河县打了一个县吏，在外躲避了几年，想起家中的哥哥，忍不住思念之情，于是决定回乡探亲。

zhè rì wǔ sōng zǒu dào yáng gǔ xiàn jǐng yáng gāng xià zhèng shì zhōng wǔ shí fēn liè rì yán yán tā zǒu de dù zhōng jī kě wàng jiàn qián miàn yǒu yí gè jiǔ diàn tiǎo zhe yí miàn zhāo qí zài mén qián shàng tóu xiě zhe wǔ gè zì sān wǎn bú guò gāng

这日，武松走到阳谷县景阳冈下，正是中午时分，烈日炎炎。他走得肚中饥渴，望见前面有一个酒店，挑着一面招旗在门前，上头写着五个字：“三碗不过冈”。

wǔ sōng zǒu dào lǐ miàn zuò xià jiào dào zhǔ rén jiā ná jiǔ lái chī diàn zhǔ rén fèng shàng jiǔ cài wǔ sōng hē de jìn xìng

武松走到里面坐下，叫道：“主人家，拿酒来吃。”店主人奉上酒菜，武松喝得尽兴，

一口气喝了十五碗，再要酒时，店家却不给了，说道：“客官，你看我门前招旗上面明明写着‘三碗不过冈’，俺家的酒虽是村酒，却比老酒醇厚，但凡有客人来我店中吃了三碗都会醉，过不了前面的山冈，因此叫作‘三碗不过冈’。”

武松毫无醉意，哪里管得这些说法，又叫了三碗喝得酣畅淋漓，拿起哨棒便走，店主人忙拦住他：“前面景阳冈上有只猛虎，已经伤了三十二个壮汉的性命，官府限令让猎户擒拿，路口都有榜文，不能一个人前去，你不如在我这里休息一晚，等明天凑足了二三十个人一起过冈。”

武松不听：“就算有老虎，我也不怕。”便拿着哨棒走上山冈，走了不多时，酒力发作，觉得浑身燥热无比，踉踉跄跄找了块青石板，在上面躺下来。正要睡时，一阵狂风刮过，只听得树叶簌簌响，忽然间跳出一只吊睛白额大虎来。

武松见了，吓得“啊呀”一声叫，从青石板上

翻滚下来，立刻拿起哨棒闪在青石边。

猛虎又饿又渴，两只爪在地上按一按，猛扑过来，武松避身闪开老虎，老虎转头又扑，武松再闪到一边。老虎见抓不到他，仰天长吼一声，似天上打了个霹雳，震得山冈也在动。

武松见那猛虎又转身扑来，双手轮起哨棒，用尽平生气力，只一棒从半空劈下来，只听得一声响，将那树连枝带叶地打下来。定睛看时，一棒没打着老虎，正打在枯树上，把哨棒折成了两截，只得拿一半在手里。

猛虎咆哮着又扑来，武松跳退了十步远，这老

hǔ qià hǎo bǎ liǎng zhī qián zhǎo dā zài wǔ sōng miàn qián wǔ sōng jiāng bàn jié bàng diū
虎恰好把两只前爪搭在武松面前，武松将半截棒丢
zài yì biān liǎng zhī shǒu jiù shì jiū zhù lǎo hǔ tóu shàng de huā pí àn zhù hǔ
在一边，两只手就势揪住老虎头上的花皮，按住虎
tóu kuà shàng hǔ shēn tí qǐ tiě chuí bān dà xiǎo de quán tóu yòng jìn píng
头，跨上虎身，提起铁锤般大小的拳头，用尽平
shēng zhī lì zhǐ gù dǎ zhí dào dǎ de lǎo hǔ yǎn lǐ kǒu lǐ bí lǐ
生之力只顾打，直到打得老虎眼里、口里、鼻里、
ěr duo lǐ dōu liú chū xiān xiě lái dòng tan bù dé cái sōng le shǒu zhèng qiǎo zhè
耳朵里都流出鲜血来，动弹不得才松了手。正巧这
shí hòu chū xiàn le liǎng gè liè rén tā men jiàn wǔ sōng chì shǒu kōng quán dǎ sǐ le
时候出现了两个猎人，他们见武松赤手空拳打死了
lǎo hǔ dōu jīng tàn bù yǐ dì èr tiān liè rén men gěi wǔ sōng pī hóng guà
老虎，都惊叹不已。第二天，猎人们给武松披红挂
cǎi tái zhe tā hé sǐ hǔ qù le xiàn yá zhī xiàn jiǎng shǎng tā yì qiān guàn
彩，抬着他和死虎去了县衙，知县奖赏他一千贯
qián jiàn tā yīng yǒng wēi měng biàn liú xià tā dāng le gè dū tóu
钱，见他英勇威猛，便留下他当了个都头。

酣畅淋漓

【解释】 形容非常畅快、舒适。

【示例】 这样一场酣畅淋漓的较量，给了他们太多的启发。

景阳冈
AR

第十一章　武松醉打蒋门神

武松当了都头没多久，就因替哥哥报仇杀了人被发配到孟州。初来孟州，他不但被免去了一百杀威棒，每天在牢狱中还有好吃好喝的。

他十分疑惑，于是问送饭的人：“我这些日子是受了谁的恩惠，怎么每日都有好酒好菜？”

那送饭的说：“我是受了老官营儿子的吩咐，每天给你送饭送菜，他叫施恩，人都叫他金眼彪施恩。”武松叫他请施恩前来相见。

施恩见了他，非常敬重，

说道："小弟久闻兄长大名，如雷贯耳，如今能见上一面，死而无憾。"

武松问他："我们素不相识，你为何施我恩惠呢？"

施恩说："兄长不知，我在孟州东门外快活林开了一间酒楼，生意红火，可前不久孟州兵营新来的团练，带了一个人过来，那人姓蒋，人称'蒋门神'，要夺我的酒楼，小弟不让，他便将我狠狠打了一顿，将我那酒楼霸占去了。久闻兄长是个真英雄，这才想让兄长帮小弟出这口恶气。"

武松听完哈哈大笑，想他也是赤手空拳打死过老虎的人，四条腿的猛兽都不怕，还怕这么一个人？于是痛快地答应了。

这天，他走出东门，一路上断断续续喝了四十多碗酒，东倒西歪地来到了快活林，见有个大酒店便横冲直撞地进去，心中猜测：想必这就是蒋门神的酒楼了。

他醉兮兮地坐下，一拍桌子：“这店里的主人呢？”

酒保忙过来招呼，武松叫他拿酒来，连尝了几壶都说不好。

蒋门神的小妾在一边看，见他耍酒疯，奔着打来，武松大怒，一把抓住她当场就给扔到大酒缸中。

蒋门神闻声挥拳就朝他打来，武松用两个拳头虚晃一下，转身便走。蒋门神追去，谁知武松突然回身，一个飞脚踢起，直踢中蒋门神的小腹。

武松使得这一招，唤作“玉环步，鸳鸯脚”，这才是武松平生的真才实学，非同小可，打得蒋门神跪地求饶。武松喝道：“若要我饶你性命，你要依我三件事！”

蒋门神连叫道：“好汉饶我！别说三件，三百

jiàn wǒ yě dā ying
件我也答应！”

cóng cǐ jiǎng mén shén dài le lǎo xiǎo bù zhī qù xiàng shī ēn chóng dé mèng
从此，蒋门神带了老小不知去向，施恩重得孟

zhōu kuài huó lín guò de xiāo sǎ zì zài wú rén gǎn zài lái dǎ rǎo
州快活林，过得潇洒自在，无人敢再来打扰。

如雷贯耳

【解释】 像雷声穿过耳朵一样。形容人的名声很大。

【示例】 先生的大名，早已如雷贯耳。

第十二章　花荣大闹清风寨

青州三岔路口处，有个清风寨，这儿的知寨花荣，年纪轻轻就有一身好武功，练得一手好箭法，人称“小李广”。

宋江因杀了阎婆惜被官府追捕，无处可去，于是便想到了以前的朋友花荣，投奔他而去。在去清风寨的路上，有座清风山，这山上有一伙强盗久闻宋江大名，将他留在山上。

山上有个被抢来的女子，是清风寨文知寨刘高的娘子，宋江将她救下，辞别他们来到清风寨。花荣大摆酒席招待他，两人久别重逢，饮酒长

谈，宋江将救了刘知寨夫人的事也一并说了，花荣听完，皱起双眉，说道：“兄长救这个女人干吗？”

宋江疑惑，花荣说：“我们一文一武两个知寨，这正知寨刘高是个文官，却不识字，自从他到任后祸害百姓，他娘子也极为不贤，调拨丈夫做尽坏事，残害良民，兄长，你错救了她。”

这么一听，宋江才知道了缘由。此后，他便一直住在清风寨，寨里的每个人都很敬爱他。到元宵佳节时，寨里张灯结彩，热闹非凡，宋江带着花荣的三个亲信去看花灯舞狮，旁边正是刘高的衙门，刘高的夫人在灯火下看到宋江，指着他对刘高说：“就是他，那个黑矮的人，便是在清风山抢掳我的贼头。”刘知寨听了，立刻差人将他捉住。

花荣得知宋江被抓，写信让刘高放人，谁知刘高见信大骂，还将送信使者赶了出来，花荣听了，只叫得：“苦了哥哥！快备我的马来。”

花荣披挂，骑马提枪，带了三五十名军汉，直奔刘高寨。那些军汉见花荣气势汹汹，无人敢拦，全都逃了。那刘知寨吓得也不见人影，待花荣救走宋江后才出来，派了两个教头领着几百人前去花荣寨捉拿宋江。

此时天还没亮，那几百个人围在花荣寨前，无人敢上去。花荣拿起箭，大喝：“冤有头债有主，此事与你两个教头无关，你们且先领教一下我的箭法，不怕死的再来！”说罢搭上箭，拽满弓，只一箭，喝声：“着！”正射中左边门神骨朵头。

几百人都一惊，花荣又取第二支箭，大叫道：“再看我射右边门神的盔缨！”飕地又一箭，不偏不斜，正中右边门神盔缨上。

花荣再取第三支箭，喝道：“看我第三支箭，射那白衣教头的前心窝！”

那人吓得叫声：“哎呀！”转身先走，众人个个胆颤，纷纷掉头就走。

宋江知道此地不宜久留，连夜赶往清风山，那刘知寨有些小聪明，算到他要去清风山，早就派人在半路埋伏，又把他捉了回去，写了一封申状到青州府告花荣勾结强盗。青州知府立刻派武艺高强的黄信，人称“镇三山”，前去捉拿花荣，这人与刘知寨一起用计将花荣推入囚车，连夜送往青州府。

张灯结彩

【解释】 张挂彩灯、彩带等，形容场面喜庆、热闹。

【示例】 过年啦，家家户户都张灯结彩喜气洋洋。

清风寨

第十三章　劝服霹雳火秦明

押送宋江和花荣的囚车走了不到三十里，便被清风山的三个好汉半路拦截，黄信寡不敌众，落荒而逃，三人救出了宋江与花荣，一起回到了清风山。

黄信一边逃亡，一边送信给青州知府，知府见信大惊，立刻派青州指挥司总管本州兵马统制秦明前去围剿。

这秦明性情急躁，声如雷鸣，使一条狼牙棒，有万夫不当之勇，人都称他“霹雳火”。秦明带领士兵来到清风山下，摆开人马，花荣领着众好汉迎战，秦明一见花荣，怒骂：“花荣，你出身将门，朝廷让你做个知寨，吃着朝廷俸禄，你却勾结贼人，背叛朝廷，今日我特来捉你，识趣就下马受缚。”

花荣说道：“花荣如何肯背叛朝廷？实在是被刘高这厮逼得走投无路，让花荣有家难奔，有国难投。”

秦明见他还在狡辩，轮起狼牙棒，直奔花荣，两人打了四五十个回合，不分胜败。花荣退回山中，山中滚石檑木打来，击退了官兵，秦明抄小路追上去，却中了他们早已设好的陷阱，被绑进山中。

进了山寨，花荣忙给秦明松了绑，向他介绍众好汉，秦明久闻宋江大名，如今一见，连忙跪拜请求宋江放他回青

州去。众人想劝服他留在山上，秦明执意不肯。宋江见此，留他一夜畅饮，第二日便将他送下山。

秦明回到青州，见城门紧闭，无人进出，于是冲城上高喝：“我是秦总管，放下吊桥，让我进去。”

谁知那青州知府反而大骂：“反贼！”又命人将秦明的妻子杀了，秦明悲愤至极，恨不得去寻死，这时，宋江与花荣几人骑马赶来，将他接回清风山。秦明对朝廷失望了，投靠了宋江，几人排了大小，商议攻打清风寨。

秦明出谋划策：“这事容易，不须众弟兄费心。黄信那人曾是我教他的武艺，和我最好，明日我先去叫他打开栅门，将他劝服，我们便可攻进清风寨。”

宋江大喜：“能得总管相助，那这事就好办了！”

黄信被秦明劝服，做了内应，助众好汉攻进清风寨，杀了刘高的夫人。青州知府得知此事，立刻

shàng bào cháo tíng cháo tíng pài le bǎi wàn dà jūn qián lái wéi jiǎo qīng fēng shān sòng
上报朝廷，朝廷派了百万大军前来围剿清风山。宋
jiāng tīng wén cǐ shì biàn yǔ zhòng hǎo hàn shāng yì yì qǐ tóu bèn liáng shān shuǐ pō
江听闻此事，便与众好汉商议一起投奔梁山水泊，
shéi zhī tú zhōng sòng jiāng shōu dào yì fēng jiā xìn xìn shàng shuō sòng tài gōng bìng shì
谁知途中宋江收到一封家信，信上说宋太公病逝。
sòng jiāng shì gè xiào zǐ biàn cí bié zhòng rén máng gǎn huí jiā zhōng chǔ lǐ fù qīn
宋江是个孝子，便辞别众人，忙赶回家中处理父亲
de hòu shì
的后事。

寡不敌众

【解释】 人少的一方抵挡不住人多的一方。

【示例】 经过一天的激战，宋江等人终因寡不敌众，败退下来。

dì shí sì zhāng wú yòng jiàn shén xíng tài bǎo
第十四章 吴用荐神行太保

sòng jiāng rì yè jiān chéng gǎn huí jiā zhōng jiàn dì di méi yǒu dài xiào
宋江日夜兼程赶回家中，见弟弟没有戴孝，
zhèng gǎn yí huò sòng tài gōng cóng píng fēng hòu chū lái shuō dào
正感疑惑，宋太公从屏风后出来，说道：
wǒ pà nǐ shàng le liáng shān zuò le bù zhōng bú xiào
“我怕你上了梁山，做了不忠不孝
de rén zhè cái ràng tā men xiě xìn piàn nǐ huí lái
的人，这才让他们写信骗你回来，
rú jīn cháo tíng cè lì huáng tài zǐ dà shè
如今朝廷册立皇太子，大赦
tiān xià nǐ de shì dào le guān fǔ
天下，你的事到了官府，
bú guò jiù shì liú fàng chōng jūn bú
不过就是流放充军，不
huì pàn sǐ xíng
会判死刑。”

sòng jiāng tīng le zhè cái zhī dào bèi piàn
宋江听了，这才知道被骗，
yì jiā rén tuán jù xù jiù zhí dào wǎn shàng yùn
一家人团聚叙旧直到晚上。郓
chéng de guān chāi zhī dào tā huí lái de xiāo xi
城的官差知道他回来的消息，
jiāng tā yā dào jǐ zhōu fǔ cóng qīng fā luò
将他押到济州府，从轻发落，
fā pèi jiāng zhōu
发配江州。

临行前，宋太公一再叮嘱，千万不能与梁山的人结为同伙，宋江叩头答应，随着官差往江州去了。

走了两天，到了梁山地界，忽然跳出来一伙人，领头的正是“赤发鬼”刘唐。宋江一见，暗自在心里叫苦，刘唐挥刀就要杀那两个官差，宋江忙叫道：“兄弟，你要杀谁？”

刘唐回道：“我奉山上哥哥的将令，特地找人打听你的官司，得知你要去江州，便在这里等候，如果不杀了这两人，你如何上山呢？”

宋江无奈说道：“我已答应过家中父亲不会上山，你们不要陷我于不忠不孝之地。”

刘唐不知如何是好，差人去请吴用。不一会儿，吴用和花荣便骑马赶来，请宋江到山寨稍做休息，宋江只好答应。晁盖带领众位将领在聚义厅迎接他，安排酒席，晁盖想让他留在山寨，于是说：

“自从郓城你救了我们性命，兄弟们每天都想报答你的恩情，你现在既然来了，就留下来吧。”

宋江诚惶诚恐，说道：“哥哥真是抬举我了，我自从犯了罪，在江湖上已经逃亡了半年多，家中老父送信把我召回，一再叮嘱我好好服刑，好早点回家相聚。如果今天在这里落了草，上逆天理，下违父训，倒叫我成了一个不忠不孝之人，此话请哥哥不要再提。”说着泪如雨下，拜倒在地。

众人见劝说无用，将他搀扶起，便说：“既然哥哥执意要前往江州，今天就请宽心住上一晚，明早送你下山。”

宋江住了一晚，第二天临行前，吴用对他说：“我有一个朋友，在江州充做两院押牢节级，姓戴名宗，本地人叫他戴院长。他有一道术，一日能行八百里，都称他‘神行太保’。我写了一封信，哥哥到时交给他，你们认识下，以后好有个照应。”

AR

sòng jiāng jiāng xìn shōu hǎo　zhòng wèi tóu lǐng ān pái yàn xí wèi tā sòng xíng
宋江将信收好，众位头领安排宴席为他送行，
yòu qǔ le yì xiē jīn yín gěi tā　jiāng tā sòng xià shān　hù sòng tā zǒu le
又取了一些金银给他，将他送下山，护送他走了
èr shí duō lǐ cái huí qù　sòng jiāng gēn suí liǎng gè guān chāi　jì xù gǎn wǎng
二十多里才回去。宋江跟随两个官差，继续赶往
jiāng zhōu
江州。

诚惶诚恐

【解释】　惶恐不安。原是君主时代臣下给君主奏章中的套语。

【示例】　这次召唤使他们诚惶诚恐，没用几分钟就赶来了。

第十五章　江州巧遇黑旋风

过了揭阳岭，宋江又结识了几个英雄好汉，一路来到江州，花了些银子打点了官差，谋了个抄事房的事做。几日后，见到了吴用的朋友戴宗，二人相见恨晚，约到酒楼里喝酒，喝得正尽兴，忽然听到一阵吵闹声。

戴宗忙下楼去，一会儿，便领着一个黑凛凛的大汉上来，原来这大汉是戴宗身边的一个小弟。宋江见了一惊，说道："这位兄弟我认识，是小弟以前牢里关的犯人，姓李名逵，沂州人氏，唤作'黑旋风'李逵，他村里的人都叫他李铁牛，能耍两把板斧，又会拳棍，因为打死了人逃了出来。"

李逵见宋江知道他的底细，问戴宗："哥哥，这个又黑又矮的人是谁？"

戴宗向他介绍：“这就是你常说要去投奔的义士‘及时雨宋江’！”

李逵一听，一拍大腿，忙叫道：“我的爷呀，你为何不早说？”说着忙下跪拜了又拜，宋江替他还了赌债，三人结为朋友，常去酒楼喝酒。

有一次，三人来到琵琶亭上的酒楼喝酒，喝得稍有醉意时，宋江忽然想吃辣鱼汤醒酒。戴宗让酒保用鲜鱼做汤，酒保说：“活鱼都在船舱里，渔行主人不在，渔户们不敢擅自开仓。”

李逵跳起来就去讨鱼。江边上八九十只渔船一字排开，李逵跳上船，在江上搅了个天翻地覆，鱼儿不但没捞着，反而都给放跑了。渔户们见此拿着竹篙打来，李逵丝毫不怕，脱下布衫，夺来五六根竹篙，只听“咔嚓”一声，好像扭葱一般就给扭断了，当即吓得渔户们不敢靠近。戴宗将他拖了回去，生怕再惹出事端。

谁知，刚上酒楼，就听背后一声怒骂，李逵回头看时，只见有个人露出一身白肉，撑着渔船往这边来，李逵大怒：“怕你的不是好汉！”吼了一声，跳上船。那人引诱他离岸，双脚一蹬，竹篙一点，船像飞一般地划到江心。李逵水上功夫不高，当即在心里叫苦：“坏了，坏了。”那人将船只一晃，两人全落入水中，一个浑身黑，一个浑身白，清波碧浪间，那人将李逵提起来，按着头又淹下去，两人打作一团。

戴宗和宋江急忙赶来，见李逵不是他的对手，忙打听这位好汉的姓名，渔民们说：“这个好汉

就是船舱的主人，唤作张顺。”

宋江一听，猛地惊醒：“莫不是绰号‘浪里白条’的张顺？”渔民点头。

戴宗忙在岸上叫张顺，唤他上岸才知，原来这戴宗、李逵、张顺平时都知道彼此大名，今天算是不打不相识。张顺四人共聚一桌，各叙胸中之事，直到深夜才离去。

天翻地覆

【解释】 形容变化巨大而彻底。也指闹得很凶。

【示例】 改革开放以来，我国发生了天翻地覆的变化。

第十六章　宋江浔阳楼题诗

江州有座浔阳楼，曾有苏东坡题字，小有名气。宋江这天闲来无事，一个人登上浔阳楼喝酒解闷，凭栏远眺，猛然间满腔忧愁，不觉潸然泪下，无限感伤，于是借来笔砚，挥笔在白粉壁上题诗一首：

自幼曾攻经史，长成亦有权谋。
恰如猛虎卧荒丘，潜伏爪牙忍受。
不幸刺文双颊，那堪配在江州。
他年若得报冤仇，血染浔阳江口。

写完自己看了一遍，很是喜欢，开心得手舞足蹈，又提笔写下了四句诗：

心在山东身在吴，飘蓬江海漫嗟吁。
他时若遂凌云志，敢笑黄巢不丈夫。

宋江写罢诗，满心欢喜，在后面写上“郓城宋江作”五个大字便回去了。

而在那江州对岸，有个通判姓黄，名文炳，这个人虽然熟读四书五经，却是个阿谀奉承的奸恶小人，渡江时正巧看到了宋江题的诗，大吃一惊，立马通知了蔡知府，说宋江企图谋反。那蔡知府一听，这还得了，在我掌管的地盘竟然有人谋反，立刻叫来戴宗让他将反贼宋江捉拿归案。

戴宗得令后，使了个“神行法”去给宋江通风报信，宋江听闻又有官府来抓他，急得如热锅上的蚂蚁。

这时戴宗想出一条计谋，宋江觉得可行，戴宗便又慌忙赶回去，再带着士兵来抓人时，只见宋江披头散发躺在地上胡言乱语，像失心疯似的。众人见了，齐齐说道：“原来是个疯子，我们捉他回去有何用？”

戴宗和宋江见装疯骗过了众人，心里松了口气。戴宗带着众人回去禀报蔡知府，知府将信将疑，这时那黄文炳悄悄对知府说："别听他们说，这恐怕是他们的计谋，那宋江绝对没疯。"

蔡知府再下令，将宋江带到江州府，一顿严刑拷打，宋江只得招了。

蔡知府连夜写信，让戴宗送到东京禀明蔡太师，问他如何处置宋江。戴宗带着信，日夜兼程，途中碰上梁山好汉，得知宋江受难，晁盖立刻召众好汉一同商议对策，智多星吴用模仿蔡太师的笔迹写了封假信让戴宗带回，蔡知府看了回信，发现印章是假的，勃然大怒，将戴宗打入大牢，与宋江一起判为死刑。

行刑当天，梁山水泊的好汉们全都混在人群中，蔡知府高喝一声：“行刑！”

只听得“轰”地一声，晁盖、花荣、李逵等众好汉一起从人群中冲出去，挥刀舞剑，一番厮杀，与官兵们打了个天翻地覆。这些好汉们一个个都身怀武艺，英勇非凡，打得官兵逃得逃，躲得躲，叫苦连天。他们救出宋江与戴宗，一起上了梁山，宋江便与他们结为兄弟，从此落草梁山，坐了第二把交椅。

阿谀奉承

【解释】 用言语恭维别人，迎合别人，竭力向人讨好。

【示例】 他什么话都不爱听，就爱听阿谀奉承的话。

心在山东身在吴，

第十七章　真假李逵斗武

自从宋江加入水泊梁山后，一直放不下家中的亲人，于是便把老父亲和弟弟接上梁山，一家团聚。正当大家大摆筵席开心庆祝的时候，李逵忽然放声大哭。

晁盖忙问："你哭什么？"

李逵边抹泪边说："我只有一个老娘在家里，孤苦伶仃，我也要把她接来，免得她一个人受罪。"

宋江知道他性格暴躁，怕他在路上惹事，便让他答应三件事：第一不能喝酒，第二要悄悄地把母亲接上，第三不许带板斧。李逵一拍胸脯答应了，只跨了一口腰刀，提

上朴刀，带了一锭大银，下山去了。

走了几日，到了一片树林里，李逵正要休息，只见林里跳出来一个大汉，喝道：“识趣的留下买路钱，免得爷爷我动手！”

李逵丝毫不怕，看那人穿一身布衣，手里拿着两把板斧，把脸抹得漆黑，大喝道：“你这厮是什么人，敢在这里打劫！”

那人昂头说道：“我的名字说出来吓碎你的心胆！爷爷叫作‘黑旋风’！”

李逵一听，哈哈大笑：“你这厮是哪里人，也敢冒充我在这里胡作非为！”说罢拿起手中朴刀奔向那汉，将他撂倒在地，一脚踩住胸脯，骂道：“你看清楚了，我才是‘黑旋风’李逵！”

那汉吓得直哆嗦，立马求饶：“爷爷饶命，我有眼不识泰山，只因为你的名气大，小人才借你的名号在这里拿些钱财，从没伤过人性命，小人自己名叫李鬼，就住在附近。”

李逵本要杀他，可见他苦苦哀求，说有八十老母还要赡养，就信了他的话，饶了他的性命。

李逵走出树林继续赶路，中午时分，肚子咕噜咕噜叫，寻进了一户人家去讨饭吃。这时见那李鬼瘸着腿走来，原来这是李鬼的家，这家妇人便是他娘子，李鬼把遇到李逵的事情跟她说了，两人起了歹心，合谋想杀死他。

李逵全都听在耳中，一腔的怒气："这厮，我又送银两给他，又饶他性命，他倒要害我，真是天地不容！"他一脚踹开门，李鬼夫妻一见，吓得撒腿便跑。

李逵离开村子，直奔家中，见老娘因思念他把双眼都哭瞎了，跪在地上痛哭。李逵不敢说自己在梁山落草，谎称自己当了官，要带她去享福，老母亲顿时喜极而泣，李逵不敢多待，背起母亲上了沂岭。

这时天色已晚，老母亲只觉得口渴，说道：

“铁牛，你去取些水来给我喝。”李逵此时也口干舌燥，将老母亲放下道：“娘，你耐心坐一坐，我去给你打些水。”

他寻着溪水声找到泉边，打水回来时发现母亲已经不在了，只见四处血迹斑斑，他顺着血迹寻去，发现有三只老虎，原来母亲已经被老虎吃了。他顿时悲愤交加，提起朴刀杀了这三只虎，将母亲的尸骨埋了，跪在坟头痛哭一场，回梁山去了。

孤苦伶仃

【解释】 形容孤独困苦，没有依靠。

【示例】 他的父母牺牲以后，周总理收养了这个孤苦伶仃的孩子。

dì shí bā zhāng shí qiān tōu jī rě huò
第十八章 时迁偷鸡惹祸

jiāng hú shàng rén rén dōu zhī dào shuǐ pō liáng shān shàng quán shì yīng xióng hǎo hàn
江湖上人人都知道水泊梁山上全是英雄好汉，
rú jīn sòng gōng míng zhèng zài zhāo xián nà shì shí xiù yáng xióng shí qiān sān rén
如今宋公明正在招贤纳士，石秀、杨雄、时迁三人
wú chù kě qù biàn tóu bèn liáng shān qù le
无处可去，便投奔梁山去了。

sān rén lù guò zhù jiā zhuāng dào le yì jiā jiǔ lóu xiē xià lái shí
三人路过祝家庄，到了一家酒楼歇下来，石
xiù yáng xióng zhèng zài hē jiǔ nà shí qiān zéi tóu zéi nǎo de wèn liǎng wèi
秀、杨雄正在喝酒，那时迁贼头贼脑地问：“两位
gē ge xiǎng chī ròu ma
哥哥想吃肉吗？”

liǎng rén yì liǎn bù jiě shí qiān zǒu chū mén qù bù yí huì er tí shàng
两人一脸不解，时迁走出门去，不一会儿提上
lái yì zhī shāo hǎo de dà gōng jī yáng xióng wèn nǐ cóng nǎ er nòng de jī
来一只烧好的大公鸡，杨雄问：“你从哪儿弄的鸡？”

shí qiān xiào xī xī de shuō wǒ kàn hòu yuàn lǐ yǒu yì zhī dà gōng
时迁笑嘻嘻地说：“我看后院里有一只大公
jī biàn jiāng tā shā le dài dào xī shuǐ biān qīng xǐ zhǔ shú tè ná gěi liǎng wèi
鸡，便将它杀了带到溪水边清洗煮熟，特拿给两位
gē ge dāng xià jiǔ cài
哥哥当下酒菜。”

èr rén méi yǒu zài yì yì qǐ jiāng zhè zhī jī chī le gè gān jìng
二人没有在意，一起将这只鸡吃了个干净。

shū bù zhī zhè jī shì bào xiǎo jī diàn jiā fā xiàn jī bèi tā men chī
殊不知这鸡是报晓鸡，店家发现鸡被他们吃
le yào jiāng tā men sòng qù guān fǔ chǎo chǎo nào nào zhōng sān rén fàng huǒ yì
了，要将他们送去官府，吵吵闹闹中，三人放火一

把烧了酒楼，连夜逃走。走了几个时辰，祝家庄的人紧追上来，杨雄见状，说："我们别逃了，不如与他们一决死战。"

他当先，石秀提刀在后，时迁居中，三人手起刀落，击败了六七个庄客，这时草丛里突然伸出两把钩子，正好勾住时迁，将他拖进草窝中。石秀正要救他，背后又伸出两把钩子，杨雄眼疾手快，提刀斩断， 再去救时迁时，发现他们已经走了。

二人慌不择路，只向东边奔去，在一家酒店里碰到了一个熟人，这人便是"鬼脸儿"杜兴。杜兴引荐他们去李家庄找李应帮忙救出时迁。经杜兴一说，他们二人才知道这里是独龙冈，共有三个庄，中间是祝家庄，西边是扈家庄，东边是李家庄，这三个庄子加起来有一两万人，祝家庄最厉害，三个庄子定了生死之约，互相帮助。

经杜兴引见，他们见了李应，江湖人称他为“扑天雕”。这人练得一身好武艺，为人豪爽，他写了封信让杜兴送到祝家庄，让他们放了时迁，谁知那祝家庄的祝龙、祝彪、祝虎三兄弟誓不放人，还破口大骂：“这个时迁是水泊梁山的贼人，你们别再来惹怒了我们，不然我们把李应一起抓来，当作梁山贼送给官府。”

李应一听，怒从心起，心想：“我们与他们是生死之交，如今竟然不讲仁义，真是白交好这么多年！”

“快把我的马牵来！”李应怒喝一声，穿上红袍，披挂整齐，背上五把飞刀，手拿钢枪，点齐了三百个庄客，来到祝家庄前大骂：“祝家三孩子，你们竟敢诋毁我，快快出来。”

话音刚落，祝家庄涌出五六百人，那祝彪骂道：“我们和你结成生死之盟，共捉梁山反贼，没

xiǎng dào nǐ què gōu yǐn liáng shān fǎn zéi rǎo luàn zhù jiā zhuāng wǒ jīn tiān jiù zhuā
想到你却勾引梁山反贼，扰乱祝家庄，我今天就抓
nǐ qù guān fǔ
你去官府。”

lǐ yīng tīng le dà nù tí qiāng chōng qù liǎng rén yì lái yì wǎng dà
李应听了大怒，提枪冲去，两人一来一往，大
zhàn le shí qī bā gè huí hé zhù biāo shǐ le gè jì móu lǐ yīng bài xià zhèn
战了十七八个回合，祝彪使了个计谋，李应败下阵
lái zhòng rén lì kè chè bīng yì qǐ huí dào le lǐ jiā zhuāng
来，众人立刻撤兵，一起回到了李家庄。

yáng xióng shí xiù èr rén jiàn lǐ yīng yǐ jīng shòu shāng pà shì jiù bù chū
杨雄、石秀二人见李应已经受伤，怕是救不出
shí qiān yú shì bèn liáng shān qù zhǎo jiù xīng
时迁，于是奔梁山去找救星。

招贤纳士

【解释】 招收贤士，接纳书生，指网罗人才。

【示例】 这家公司仍将继续按高标准招贤纳士。

dì shí jiǔ zhāng yī dǎ zhù jiā zhuāng
第十九章 一打祝家庄

zì cóng sòng jiāng guǎng zhāo tiān xià yīng xióng hòu liáng shān shàng rén yuè lái yuè
自从宋江广招天下英雄后，梁山上人越来越

duō liáng shi jǐn quē yáng xióng shí xiù èr rén shàng shān hòu jiāng zài zhù jiā
多，粮食紧缺。杨雄、石秀二人上山后，将在祝家

zhuāng yù dào de shì qing yī yī shuō le qǐng liáng shān yīng xióng hǎo hàn bāng máng jiù
庄遇到的事情一一说了，请梁山英雄好汉帮忙救

chū shí qiān sòng jiāng tīng bà jué de shí jī dào le rú guǒ néng gōng
出时迁。宋江听罢，觉得时机到了，如果能攻

xià zhù jiā zhuāng nà liáng shi gòu shān zhài chī yì nián duō dāng jí
下祝家庄，那粮食够山寨吃一年多，当即

yǔ cháo gài děng rén shāng yì duì cè
与晁盖等人商议对策。

dì èr tiān sòng jiāng dài lǐng zhe
第二天，宋江带领着

liù qī qiān rén mǎ fēn liǎng bō yī cì xià
六七千人马，分两拨依次下

shān zài dú lóng gāng qián ān yíng zhā zhài
山，在独龙冈前安营扎寨，

sòng jiāng xiān pài shí xiù yáng xióng qián
宋江先派石秀、杨雄前

qù tàn lù
去探路。

石秀胆子大，为人仗义爽快，人称“拼命三郎”，他扮成一个卖柴的进了祝家庄，向一位老人打探消息，老人劝他赶快离开，看见白杨树就转弯，不要走别的路，不然会遭埋伏。

正要离开时，石秀见传令兵边走边喊：“村中百姓听着，今晚梁山水泊的强盗要来攻打村子，你们以红灯为号。”石秀记在心中，想办法出去通报。

宋江见石秀迟迟没有回来，等的有些着急，这时李逵说：“哥哥，不如我先杀进去，看看情况如何？”

宋江听了，立刻传将令，李逵、杨雄一队做先锋，摇旗呐喊，擂鼓鸣锣，杀进祝家庄。到庄前时，只见吊桥高高拽起，庄子里没有一点火。李逵拍着双斧，隔岸大骂道：“那祝太公老贼，你出来，你黑旋风爷爷在这里！”庄上没有回应。

宋江赶到时，发现四处寂静无声，顿时察觉不妙：“不好，恐怕有敌军埋伏，快撤退！”

话音刚落，突然一声炮响，直冲天际，那独龙冈上亮起了千百火把，城楼上弓箭如雨点射来，原来祝家庄早就布下了天罗地网，逼得他们无处可逃。

正在众人慌了神时，石秀赶来，忙说：“哥哥不用慌，我已经探明了路，见白杨树就转弯，准能走出去。”

宋江立刻带领大队人马见到白杨树便转弯，走了五六里，祝家庄的兵却越来越多，宋江叫来石秀，问道：“怎么越走敌兵越多？”

石秀指着远处说：“他们以红灯为号，看我们往西，他们的人马就往西；我们往东，他们就往东。”

花荣坐在马上，看到果然有红灯，说声：“这有何难！”便拈弓搭箭，纵马向前，望着红灯只一箭，不偏不倚，就把红灯射落下来，四面埋伏的军马不见了红灯，四处乱窜起来。

宋江叫石秀引路，领兵一路冲出埋伏，这时只

AR

tīng de qián shān hǎn shēng lián tiān yuán lái shì lín chōng qín míng dài de dì èr bō
听得前山喊声连天，原来是林冲、秦明带的第二拨
bīng mǎ dào le liǎng duì rén mǎ zài cūn qián ān yíng kāi shǐ qīng diǎn rén mǎ
兵马到了。两队人马在村前安营，开始清点人马，
shāo zuò xiū xi
稍作休息。

摇旗呐喊

【解释】 原指古代作战时后面的人摇着旗子呐喊，给前面作战的人助威。现泛指替别人助长声势。

【示例】 这次拔河比赛，全班同学都要到现场给参赛队员摇旗呐喊。

第二十章 二打祝家庄

宋江打了败仗，梁山泊的士气大减，众人都在忧烦之中，杨雄提议去找李家庄庄主李应，宋江带着花荣、杨雄等人，备上好礼直奔李家庄，谁知却被拒之门外，一行人碰了一鼻子灰。

这时，杜兴提醒他们：“扈家庄和祝家庄定过亲，那扈家有一个女将，叫作‘一丈青’扈三娘，使两口日月刀，武功高强，你们攻打祝家庄时，她肯定会去帮忙，你们需小心提防，而且攻打祝家庄，只能在白天。”

宋江谢过他，带着人马回去，重新排兵布阵，亲自做先锋攻打头阵，前面打着一面大红“帅”字旗，引着四个头领、一百五十骑马军、一千步军，杀到祝家庄来。直到独龙冈前，宋江勒马，看祝家庄上挂着两面白旗，旗上绣着十四个字：填平水泊擒晁盖，踏破梁山捉宋江。

宋江大怒，即命秦明、戴宗去攻打东门，自己带“矮脚虎”王英攻打西门。

西门迎战的正是“一丈青”扈三娘，王英跃马提枪与她对战，两军呐喊，斗了十多个回合，王英斗不过她，只觉得手阵阵颤麻，扈三娘两把双刀直上直下砍来，将王英活捉了。

欧鹏见捉了王英，急忙来救，祝家庄也派出栾廷玉助战，栾廷玉使出两个飞锤，将欧鹏打落马下，梁山兵马抵挡不住，秦明拍马上前，与栾廷玉大战二十多回，栾廷玉故意落败逃走，将秦明引到荒草中，这儿正是祝家庄设的埋伏，秦明不知是计，连人带马一起绊翻被活捉。

宋江败退，这时天色已晚，扈三娘骑马直奔宋江，说时迟那时快，豹子头林冲纵马赶来，用蛇矛逼住她的刀，扭腰展臂只一拽，就将扈三娘活捉过来。

AR

gōng dǎ zhù jiā zhuāng zài cì shī bài sòng jiāng wàn fēn jǔ sàng zhè shí wú
攻打祝家庄再次失败，宋江万分沮丧，这时吴
yòng dài zhe bīng mǎ qián lái zhī yuán tā men bìng dài zhe sūn lì gù dà sǎo děng
用带着兵马前来支援他们，并带着孙立、顾大嫂等
rén zhè sūn lì hé zhù jiā zhuāng de jiào tóu luán tíng yù shì shī xiōng dì wú yòng
人。这孙立和祝家庄的教头栾廷玉是师兄弟，吴用
jiào tā jiǎ yì tóu bèn zhù jiā zhuāng lái gè lǐ yìng wài hé
叫他假意投奔祝家庄，来个里应外合。

sūn lì chéng gōng de qián rù zhù jiā zhuāng dé dào le zhù jiā rén de xìn
孙立成功地潜入祝家庄，得到了祝家人的信
rèn yǒu le tā de bāng máng sòng jiāng qǐ bīng zài zhàn zhōng yú gōng xià le zhù
任。有了他的帮忙，宋江起兵再战，终于攻下了祝
jiā zhuāng jiù chū jǐ wèi bèi zhuō de yīng xióng duó le liáng shi yǔ mǎ pǐ lián
家庄，救出几位被捉的英雄，夺了粮食与马匹，连
yè gǎn huí le liáng shān
夜赶回了梁山。

拒之门外

【解释】 把人挡在门外，不让其进入，形容拒绝协商或共事。

【示例】 他真心实意来道歉，你怎么把他拒之门外？

第二十一章 大破连环马

大破祝家庄之后，水泊梁山名声大噪，晁盖、宋江等人接着发展势力，一举攻破了高唐州，杀了高俅的兄弟高廉，朝廷勃然大怒，让高太尉选将调兵前去剿捕。

高太尉推荐大宋开国功臣名将之后呼延灼为兵马指挥大将，这人使两条铜鞭，有万夫不当之勇，呼延灼怕一人之力不足以对抗梁山好汉，又推荐韩滔、彭玘分别担任正、副先锋。这两人一个是百胜将军，一个是天目将军，武艺出众，三人合力，威不可当。

梁山泊众头领得到战报，忙商量战策，吴用知道这人的厉害，说道：“我们先以力敌，再用智擒。”

宋江闻言，立刻布下五队人马，命霹雳火秦明打头阵，豹子头林冲第二队，小李广花荣第三队，一丈青扈三娘第四队，病尉迟孙立第五队。

再说呼延灼，率军一路向梁山奔去。两军对阵，战鼓擂起，韩滔冲着对面喝道："朝廷天兵到此，识相的快快下马受缚。"

秦明性子暴躁，哪能容得下他叫骂，挥起狼牙棒来战韩滔，二人大战多回，韩滔抵挡不住，呼延灼见状舞起双鞭策马赶来。

这时豹子头林冲赶到阵前与他大战，花荣对战彭玘，梁山上的几拨人马全都上阵，彭玘被扈三娘套下马活捉。呼延灼见形势不妙，催动兵马，这三千连环马，每匹都带着甲

马，人人披铁铠，马只露四蹄，人只露一双眼睛，三千马军列作三排，每三十匹做一连，用铁链连在一起，三千人个个带着弓箭，令梁山泊兵马无法靠近，宋江忙鸣金收兵，撤回大寨。

彭玘被带回梁山泊，经宋江劝说归顺梁山。第二天，两军再战，呼延灼率连环马杀来，两边用弓箭乱射，中间用长枪猛刺，梁山军马一时间被捣得溃不成军，四下逃散。

呼延灼得胜归来，回到军营庆祝，宋江等人聚在一起商议破连环马的对策，只见金钱豹汤隆起身说："小人祖先以打造兵器为生，想破连环马，必须用钩镰枪，这钩镰枪法，只有我表哥徐宁会用。"

吴用立刻用计派时迁将徐宁请上山，徐宁上山后，见宋江与众位好汉以礼对他，便安心住在山上，一面挑选人马，一面教军士钩镰枪法。

半月过后，两军对阵，呼延灼舞起双鞭领着连环马杀过去。这时，只听得一声响，钩镰枪一齐

出击，先钩倒两边马脚，中间的甲马就再也跑不动了，呼延灼掉头便逃，韩滔被抓，梁山泊军士大获全胜。宋江以礼相待，成功说服韩滔归顺，梁山将士摆上酒席，好一番庆祝。

万夫不当之勇

【解释】　一万个人也抵挡不住。形容非常勇敢。

【示例】　赵云具有万夫不当之勇，《三国演义》中描写的长坂坡之战就是例证。

dì èr shí èr zhāng shī jì qǔ qīngzhōu

第二十二章 施计取青州

zài shuō nà hū yán zhuó dú zì yì rén shā chū yì tiáo xiě lù táo chū
再说那呼延灼，独自一人杀出一条血路逃出
lái zhé le bīng mǎ bù gǎn huí jīng kuài mǎ jiā biān cháo zhe qīng zhōu fāng xiàng bēn
来，折了兵马不敢回京，快马加鞭朝着青州方向奔
qù tā yǔ qīng zhōu mù róng zhī fǔ shì jiù xiāng shí dǎ suàn xiān zhǎo gè luò shēn
去，他与青州慕容知府是旧相识，打算先找个落身
zhī dì
之地。

bù chū liǎng rì tā biàn lái dào qīng zhōu fǔ mù róng zhī fǔ zhī dào hū
不出两日，他便来到青州府，慕容知府知道呼
yán zhuó yì shēn de wǔ yì xīn lǐ dǎ qǐ le xiǎo suàn pán shuō dào xià
延灼一身的武艺，心里打起了小算盘，说道：“下
guān guǎn xiá de dì miàn yǒu xiē cǎo kòu jiāng jūn jì rán lái le bù rú xiān jiāng
官管辖的地面有些草寇，将军既然来了，不如先将
tā men chǎn chú dài zuì lì gōng xià guān zài shàng zòu ràng jiāng jūn lǐng bīng gōng
他们铲除，戴罪立功，下官再上奏，让将军领兵攻
dǎ liáng shān pō rú hé
打梁山泊，如何？”

hū yán zhuó yě méi yǒu qí tā bàn fǎ jiù tóng yì le
呼延灼也没有其他办法，就同意了。

sān rì hòu hū yán zhuó dài zhe liǎng qiān bīng mǎ zhí bèn táo huā shān dǎ
三日后，呼延灼带着两千兵马直奔桃花山，打
hǔ jiàng lǐ zhōng yǔ xiǎo bà wáng zhōu tōng bù dí tā biàn pài rén qù èr hǔ shān sòng
虎将李忠与小霸王周通不敌他，便派人去二虎山送
xìn qǐng huā hé shang lǔ zhì shēn qīng miàn shòu yáng zhì xíng zhě wǔ sōng sān rén
信，请花和尚鲁智深、青面兽杨志、行者武松三人
bāng zhù
帮助。

这三人立刻带了兵马前来，呼延灼见远处飞奔而来一个大胖和尚，嘴里还骂道："你是哪个梁山败将，敢来洒家这里吓唬人！"

呼延灼一听，一腔怒气，喝道："先杀了你这个秃驴，解我心中怒气！"

鲁智深抡动铁禅杖，呼延灼舞起双鞭，二马相交，两边呐喊，斗得不分胜负。

两边各自收兵，呼延灼正在帐内烦闷，不想有人来报，白虎山的孔明、孔亮带了兵马攻打青州，慕容知府召他速速回青州支援。

呼延灼立刻收了兵马赶回青州，抖擞精神和孔明大战，将他活捉回城，慕容知府见此，拍手叫好。孔亮见哥哥被抓，请来桃花山、二虎山的人，聚集三山人马，合力攻打青州。

这时，杨志说道："青州城池坚固，又有呼延灼那样的大将助战，若要取胜，还需请梁山泊的好汉们助战才能赢。"众人觉得言之有理，立刻派人去梁山泊送信。

宋江见信与晁盖商议，将人马分作五军起兵下山。到了青州，宋江带着兵马将青州城围了个水泄不通，擂鼓摇旗，呼延灼披挂上阵，秦明纵马出战，冲着慕容知府厉声骂道：“狗官，你杀了我全家，今天正好报仇雪恨！”

呼延灼舞起双鞭，二人大战，不分胜负，双方鸣金收兵。第二天，天还没亮，呼延灼听人来报宋江、吴用、花荣三人在城外。呼延灼见这三人没带兵马，只顾看城，心中大喜，偷偷地赶过去，只听

得“扑通”一声，呼延灼掉入他们设好的陷阱中。

呼延灼被抓，宋江以礼待他，为他松绑奉茶，劝他归顺，呼延灼见这梁山上的人，个个都英勇善战，豪爽义气，便投靠到了梁山泊。吴用又用了一记里应外合，让呼延灼回到青州城，赚开城门，梁山将士一拥而上，将青州府端了个底朝天，给百姓们开仓放粮。再回梁山上时，所到州县，百姓们都烧香迎接，对他们敬佩不已。

水泄不通

【解释】 连水都流不出去。形容十分拥挤或包围得非常严密。

【示例】 节日的天安门广场人山人海，水泄不通。

第二十三章　玉麒麟入牢

梁山泊势力越来越大，曾头市的曾家不服，劫去梁山一匹千里马，天王晁盖大怒，带着人前去攻打，被史文恭用毒箭射死，留下了“谁能捉住射我的人谁就当寨主”的遗言。

而这史文恭也不是等闲之辈，他在曾家府担任武术教练，手里使一枝方天画戟，武艺高强。

宋江听闻大名府的员外卢俊义，绰号“玉麒麟”，一身好武艺，棍棒天下无双，江湖人称“河北三绝”，想要将他请上梁山为晁盖报仇，便派军师吴用与李逵下山去大名府。

吴用与李逵假装算命先生和哑道童在卢府周围算命，卢俊义见到外面人人找他们算命，于是请进府中。吴用取出一把铁算子来，搭了一回，拿起算子一拍，大叫一声：“怪了！”

卢俊义脸色大变，惊问：“怎么了？”

吴用说道：“员外不出百日之内必有血光之灾，死于刀剑之下。”

卢俊义一听，顿时脸色大变，忙问怎么破解。吴用再把铁算子搭了一回，一副高深莫测的样子，说道：“除非去东南方向一千里之外，才可避免大难。”

卢俊义为求个平安，带着管家李固往东南方向去，来到梁山泊附近，只听得山上鼓声震地，霹雳火秦明、豹子头林冲，摇旗呐喊从东山边杀出来，又见呼延灼从西山边杀出来，吴用笑脸应他：“卢员外，我们已经等候你多时了，请你跟我们上山吧。”

卢俊义这才知道这是他们的计谋，气急败坏，大骂：“你们这些贼寇，竟然敢骗我！”

他一人之力，始终抵不过梁山众位英雄，被带

上梁山泊，宋江见他，立刻松绑下跪，众头领也都排排跟着跪下。

宋江说道：“小弟久闻员外大名，如雷贯耳，刚刚兄弟们对你有所冒犯，还望你恕罪。”

卢俊义将头一昂，只说：“如今我被你们抓了，要杀要剐随你便。”

吴用走上前跟他解释：“我奉命以算卦为由，骗员外上山，只为了共聚大义，一起替天行道。”

宋江请卢俊义坐第一把交椅，卢俊义不为所动。宋江便先放了卢俊义的管家李固，吴用送他下山去，并对他说道：“你的主人已和我们商议定了，决定坐第二把交椅。没上山前，你主人曾在家中写下了四句反诗，我现在放你回去，你回京告诉众人：主人不再回来了。”

原来，吴用与李逵早在为卢俊义算命时，便在卢府写下了一首藏头反诗。

卢俊义在山上住了几个月，始终不肯归顺，宋江便放他下山。待他回到家中时，发现妻子与管家李固已做了夫妻，官府得知反贼卢俊义回来了，派兵将他捉回官府，屈打成招，下了死牢。

等闲之辈

【解释】　无足轻重的寻常人。

【示例】　这人深藏不露，绝非等闲之辈。

第二十四章　初战大名府

水泊梁山上，宋江召来众位头领，共商营救卢俊义的计策，这时正是晚秋，天气凉爽，战马已养肥，吴用献计：“明日正好是中秋节，不如趁此机会，我们攻下大名府，救出卢员外，再取些粮食供山寨吃喝。”

宋江立刻点军：军师吴用，前军头领霹雳火秦明，第一拨黑旋风李逵，后军头领豹子头林冲，大军浩浩荡荡杀向大名府，黄沙滚滚，马蹄四起。

梁中书派李成迎战，李成带了一万五千人马，列成阵势，李逵手拿双斧，高声大叫：“狗官，认得梁山泊好汉‘黑爷爷’吗？”

李成在马上大笑道：“原来梁山泊好汉是这等草寇，何足为奇！”

李逵怒提板斧奔去，仅一个回合，李成便被梁山泊兵马打得四下逃散，忙收兵撤回大营。

梁中书得知他战败，立刻派闻达助战，霹雳火秦明勒马阵前，厉声大叫：“大名贪官污吏听着，本来要打你这城池，但怕伤到无辜百姓，只要你们将卢俊义送出来，我们便退兵，永不再犯。”

闻达听了大怒，便问：“谁去力擒此贼？”

索超出马立在阵前，与秦明大战二十多回不分胜负。韩滔在一旁搭箭，瞄准索超“嗖”地只一箭，正中索超左臂，宋江鞭梢一指，大小三军一齐喊杀过去，打得官兵四散逃亡，大败回城。

梁中书见连连惨败，吓得一头冷汗，忙写信给蔡太师，让他派人助战。蔡太师派人请来关胜，此人使一口青龙偃月刀，人称“大刀关胜”，自幼熟读兵书，深通武艺。

蔡太师见了关胜，问：“梁山泊草寇围困大名，请问将军，有没有妙计可以解围？”

关胜回禀："久闻草寇住在水泊，如今大兵离巢，不如我们先端了他们的老窝，直取梁山，后拿贼寇，叫他首尾不能相顾。"

太师听闻大喜，立刻调拨山东、河北精锐军兵一万五千人，让关胜领兵指挥，大刀阔斧杀奔梁山泊而去。

再说宋江每天攻打城池，李成、闻达哪里敢出来对阵，大名府内无人出战，宋江觉得不妙，正在心中纳闷，神行太保戴宗来报说："东京蔡太师派大刀关胜带一队军马飞奔梁山泊来，请兄长早早收兵回来，解梁山之难。"

吴用却说："虽然如此，也不能急着回去，先让步兵前行，留下两支军马在飞虎峪两边埋伏。"

城上望见宋江兵马减少，以为他退兵回去，立刻派人追杀，闻达、李成各带一支军马从东西两路追赶。只听得背后火炮齐响，小李广花荣引五百军兵在飞虎峪左边冲出，豹子头林冲带五百军兵在右边冲出，杀他们个片甲不留，宋江这才带兵马退回梁山。

大刀阔斧

【解释】 形容办事果断而有魄力。

【示例】 王厂长一上任，立即进行大刀阔斧的内部改革。

第二十五章　再战大名府

关胜带兵直上梁山，活捉了阮小七。宋江带大军赶来，与吴用商量救人的计策，忽然听得战鼓乱起，关胜领兵前来，拿着青龙偃月刀，骑着火炭马，宋江见关胜剑眉星目，果然有英雄气概。

林冲提枪出马来战关胜，关胜大喝道：“水泊草寇，我不杀你，你叫宋江出来，我要问他为什么背叛朝廷。”

宋江听了，喝住林冲，纵马亲自出阵，欠身对关胜说道：“小人就是宋江，朝廷不明，纵容奸臣当道，不许忠良进身，陷害天下百姓，我等是在替天行道。”

关胜哪里肯听，怒骂一声挥刀就战，霹雳火秦明见此大叫一声，举着狼牙棒纵马过来；林冲也挺枪出马，两将双战关胜，正要擒他，宋江忽然鸣金收兵。关胜回到寨中，心中纳闷：这宋江为何忽然收兵，放我一马呢？

他叫来阮小七问宋江的来历，阮小七直夸宋江为人忠义。当晚，他无法入睡，走出帐中看月，寒色满天，这时有人来报：“有一个人要见将军。”

关胜请他进来，挑灯一见，原来是呼延灼。呼延灼说：“我曾为朝廷卖命，谁想中了梁山贼子们的奸计，折了兵马，只能与他们为伙，如果将军愿意，我将领将军从小路攻上山寨，捉了宋江等人，回京将功赎罪。”关胜听了大喜。

夜半时分，月光如昼，呼延灼领路，带着关胜，里应外合一齐进兵梁山。走了不多时，忽然见一处红灯，关胜带兵杀去，只听得一声炮响，四边山上一齐鼓响锣鸣，呼延灼也不见了，关胜这才知道中了计。梁山英雄将他团团围住，宋江一番劝说，关胜最终归顺梁山。吴用提议再打大名府，救出卢员外，这时，关胜站起来说道："关某无可报答众位英雄爱我之恩，愿为前部领兵攻打大名府。"

宋江大喜，次日早晨立刻点军马，再次进军大名府。

这时已经是初冬，寒气逼人，两军交战，对面是索超迎战，不认得关胜，小兵说："这个就是新背叛朝廷的大刀关胜。"

索超听了，提刀便杀去，关胜也舞刀来迎，两人斗了几十个回合，李成在军中看见索超战不过关胜，便舞双刀出阵，夹攻关胜。

宋江看见，鞭梢一指，大军一起杀过去，李成军马大败，连夜退回城。当晚，忽然下了一场雪，宋江见雪想出一个计策，活捉了索超。没想到，宋

江突然生了背疾，张顺家里有个偏方，便立刻带他回去医治。

宋江一走，军师吴用立即传令诸将：火速收军，罢战回山。

里应外合

【解释】　外面攻打，里面接应。

【示例】　顾大嫂与宋江等好汉里应外合，一举攻陷了祝家庄。

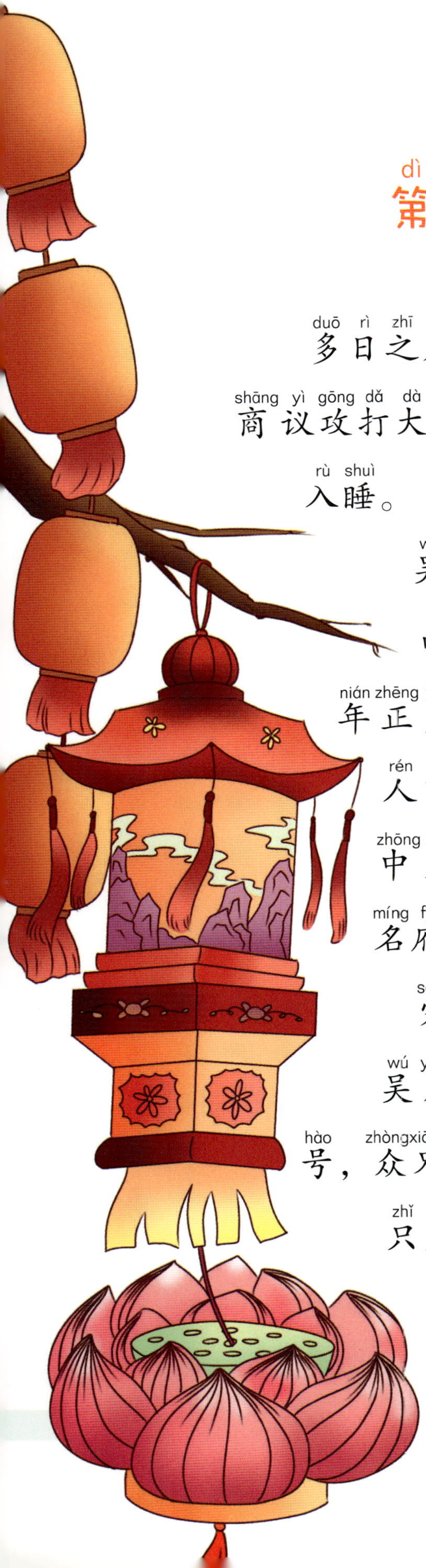

dì èr shí liù zhāng zhì qǔ dà míng fǔ
第二十六章 智取大名府

duō rì zhī hòu sòng jiāng dà bìng chū yù zhào lái gè wèi tóu lǐng zài cì
多日之后，宋江大病初愈，召来各位头领再次
shāng yì gōng dǎ dà míng fǔ jiù bù chū lú jùn yì tā yì tiān bù néng ān rán
商议攻打大名府，救不出卢俊义，他一天不能安然
rù shuì
入睡。

wú yòng shuō dào gē ge nǐ hái shì ān xīn yǎng bìng
吴用说道：“哥哥，你还是安心养病
ba cǐ shì jiāo gěi wǒ wǒ yǐ jīng chá tàn hǎo le měi
吧，此事交给我，我已经查探好了，每
nián zhēng yuè shí wǔ dà míng fǔ nèi dōu huì jǔ bàn dēng huǒ jié chéng wài
年正月十五大名府内都会举办灯火节，城外
rén kě yǐ jìn chéng guān shǎng wǒ men chèn cǐ jī huì hùn jìn chéng
人可以进城观赏，我们趁此机会混进城
zhōng xiān mái fú wài miàn pài bīng gōng lái lǐ yìng wài hé dà
中先埋伏，外面派兵攻来，里应外合，大
míng fǔ dìng néng gōng pò
名府定能攻破。”

sòng jiāng xīn xǐ cǐ jì dà miào qǐng jūn shī zhǐ huī
宋江欣喜：“此计大妙！请军师指挥。”

wú yòng dào xiàn zài zuì yào jǐn de shì chéng zhōng fàng huǒ wéi
吴用道：“现在最要紧的是城中放火为
hào zhòng xiōng d` zhōng shéi gǎn xiān qù chéng zhōng fàng huǒ
号，众兄弟中谁敢先去城中放火？”

zhǐ jiàn xià miàn zǒu lái yì rén dào xiǎo dì yuàn qù zhòng
只见下面走来一人道：“小弟愿去。”众

人看去，原来是鼓上蚤时迁。

时迁得令先下山去了，次日吴用让解珍、解宝扮作农户去大名府内给官员府里献上野味，正月十五夜里，见火起为号，便去截住报事官兵；再调杜迁等人扮作卖米客人，只要暗号起了，就先去攻下东门；再调李应、史进扮作客人去大名府东门外安歇，只要城中火起时，先斩了把门军士，留下出路。一切安排妥当。

正月十五时，大名府内鼓乐喧天，家家户户门前扎起灯栅，挂好灯笼，摆上五色屏风炮灯，城中各处设有灯火。吴用得知大喜，随即点拨八路军马，各自领兵启程，不得有误。

大名府内熙熙攘攘，热闹非凡，时迁挎着一个篮子，里面都是硫黄。那梁中书此刻正在厅中闲坐赏灯，忽然有飞报传来，连声高喊：“梁山泊贼寇打到城下了！”

忠义堂
AR

liángzhōng shū xià de diē zuò zài dì shàng zhǐ jiào bèi mǎ bèi mǎ
梁中书吓得跌坐在地上，只叫："备马！备马！"
huà méi shuō wán zhǐ jiàn cuì yún lóu shàng liè yàn chōng tiān huǒ guāng duó mù
话没说完，只见翠云楼上烈焰冲天，火光夺目。

gè lù mái fú hǎo de yīng xióng bá dāo shā chū dà míng fǔ nèi bǎi xìng yí
各路埋伏好的英雄拔刀杀出，大名府内百姓一
gè gè bào tóu táo cuàn liángzhōng shū táo dào nán mén chéngshàng zhǐ jiàn chéng xià yì
个个抱头逃窜，梁中书逃到南门城上，只见城下一
pái pái bīng mǎ qí hào xiě zhe dà dāo guān shèng zài táo wǎng běi mén
排排兵马，旗号写着"大刀关胜"。再逃往北门，
huǒ guāng xià jiàn lín chōng huā róng qí mǎ tí qiāng wéi dǔ lǐ chéng hù zhe liáng
火光下见林冲、花荣骑马提枪围堵，李成护着梁
zhōng shū shā chū yì tiáo xuè lù chōng chū chéng wài
中书杀出一条血路，冲出城外。

chéng nèi huǒ guāng sì qǐ yí yè jī zhàn dà míng fǔ bèi pò wú yòng
城内火光四起，一夜激战，大名府被破，吴用
míng jīn shōu bīng zhòng wèi tóu lǐng jiāng lú jùn yì yǔ shí xiù cóng dà láo zhōng chān fú
鸣金收兵，众位头领将卢俊义与石秀从大牢中搀扶
chū lái wèi le ān fǔ bǎi xìng wú yòng zài chéngzhōng chuán xià jiàng lìng yí miàn
出来。为了安抚百姓，吴用在城中传下将令，一面
chū bǎng ān mín yí miàn miè le huǒ dǎ kāi liáng cāng jiāng liáng shi fēn fā gěi bǎi
出榜安民，一面灭了火打开粮仓，将粮食分发给百
xìng liáng shān dà jūn dà shèng huí zhài sòng jiāng xià shān yíng jiē zhòng wèi yīng xióng
姓。梁山大军大胜回寨，宋江下山迎接，众位英雄
jù zài zhōng yì táng shàng sòng jiāng jiàn le lú jùn yì guì dì shuō dào běn
聚在忠义堂上，宋江见了卢俊义，跪地说道："本
lái xiǎng qǐng yuán wài shàng shān tóng jù dà yì què ràng nǐ zāo le yì nàn měi xiǎng
来想请员外上山同聚大义，却让你遭了一难，每想
dào cǐ wǒ jiù xīn rú dāo gē
到此，我就心如刀割。"

lú jùn yì máng chān qǐ tā zài sān bài xiè dào shàng yǒu xiōng zhǎng diàn
卢俊义忙搀起他，再三拜谢道："上有兄长惦

记，下有兄弟们义气救我，我今后肝脑涂地，都难以报答这份恩情！”

卢俊义最终坐上了第二把交椅，与梁山泊的各位英雄们，同仇敌忾，劫富济贫。

同仇敌忾

【解释】 全体一致地仇恨敌人。

【示例】 军民团结一致，同仇敌忾打击入侵者。

第二十七章 梁山英雄终落幕

梁山好汉们各归其位，此时已经盛名远扬，而朝廷也听说了他们种种事迹，有了招安的打算。宋江一直抱有招安之心，想着替天行道，为国出力，便归顺了朝廷。

梁山泊众将士接受招安后，正遇辽兵侵犯。宋江便带着将士们抵御辽兵，大军一路北进，兵打蓟州，大战幽州城，逼得辽主请罪投降。

宋江带兵马班师回朝后，宋徽宗又令宋江讨伐田虎、王庆。而后方腊起义，攻城夺池，朝廷又派出梁山大将南下杀敌对战。

方腊亲征，宋江带着众人迎敌，这一战打得天崩地动，宋兵损失惨重，最终仍擒获了方腊，但阵亡了不少梁山大将。在回军途中，鲁智深在杭州六

和寺打坐安然而死，大战中受伤缺了一条胳膊的武松不愿回京，便也在此出了家。

林冲因战导致瘫痪，杨雄、时迁、杨志等病死途中，燕青见往日的兄弟们伤的伤、死的死，便悄然离去，不知所踪。

到了苏州时，李俊、童威、童猛等人不愿入朝为官而离去。待大军回京时，往日那一百零八将只剩下二十余名头领。

宋徽宗设太平宴席为他们庆功嘉奖，将他们一一封官。高俅见宋江、卢俊义、吴用、花荣等人受到重用，便伙同蔡京等贼臣设计在卢俊义的饭中放入水银。卢俊义不知这饭菜里有毒，夜里赶回庐州时忽觉得腰肾疼痛，动弹不得，待察觉不对时，已失脚落入河中，就此丧了性命。

而后高俅、蔡京等人便在早朝时启奏：“听说卢俊义因酒醉坠水而死，卢俊义一死，只怕宋江会心生怀疑惹出事端，不如陛下赐上御酒一杯送去

ān fǔ
安抚。”

sòng huī zōng bù zhī zhè shì jǐ rén de jì móu bèi huā yán qiǎo yǔ gěi mēng
宋徽宗不知这是几人的计谋，被花言巧语给蒙
piàn le yú shì pài rén sòng qù yù jiǔ
骗了，于是派人送去御酒。

sòng jiāng rú jīn yǐ shì chǔ zhōu ān fǔ jiān guǎn zǒng lǐng bīng mǎ zì rán
宋江如今已是楚州安抚，兼管总领兵马，自然
yě bù zhī zhè shì gāo qiú děng rén shè xià de jì móu biàn hē xià le yù jiǔ
也不知这是高俅等人设下的计谋，便喝下了御酒，
zhǐ jué de dù fù téng tòng zhè cái xiǎng dào pà shì bèi nà zéi chén suǒ hài
只觉得肚腹疼痛，这才想到怕是被那贼臣所害。

sòng jiāng dāng jí biàn xiǎng wǒ zì yòu dú shèng xián shū duì cháo tíng méi
宋江当即便想：“我自幼读圣贤书，对朝廷没

yǒu bàn diǎn yì xīn jīn rì huángshàng bèi jiān chén mēng piàn cì wǒ yào jiǔ wǒ sǐ
有半点异心，今日皇上被奸臣蒙骗赐我药酒，我死
zé sǐ liǎo zhǐ shì lǐ kuí xiàn zài shì rùn zhōu dū tǒng zhì tā yào shì tīng wén
则死了，只是李逵现在是润州都统制，他要是听闻
wǒ bèi jiān rén suǒ hài yí dìng huì qǐ yì duì kàng cháo tíng xiǎng wǒ men liáng shān
我被奸人所害，一定会起义对抗朝廷。想我们梁山
jiàng shì yì xīn zhōng yǒng wèi guó bù néng jiào zhè yí shì qīng míng zhōng yì ràng tā
将士一心忠勇为国，不能叫这一世清名忠义让他
huǐ le
毁了。”

yú shì tā lián yè ràng rén jiào lái lǐ kuí
于是他连夜让人叫来李逵，

让他也喝下了有毒的御酒，这才说明了实情。

李逵又气又恼，知道自己也活不久了，叫道：“算了算了，活着的时候我们是兄弟，一同出生入死，死后俺也陪着你吧！”

这两人便一同赴死，埋在了楚州城外。

吴用自与他们分别后十分想念宋江，每日寝食难安，便前去楚州探望。哪知赶到楚州时才知道宋江和李逵已经死了，一时悲愤交加，在二人墓前痛哭，想到原来梁山那些兄弟，如今散的散、死的死，他再活下去也没有意义，便准备在树上自缢。忽然看见花荣也来到墓前，两人相对而泣，痛恨奸臣当道，不如同宋江一起死去，于是双双悬于树上，自缢身亡。

梁山泊一百零八位好汉轰轰烈烈干了一番事业，保国为家平天下，舍生忘死，最终却落了个这样的结局，令人唏嘘。

后来宋徽宗得知此事，便下旨在梁山泊建造庙祠，亲自题写“靖忠之庙”四个大字。而那水泊梁山上一百零八将的英勇故事，便一直流传后世，人人敬仰。

寝食难安

【解释】　形容放心不下眼前的事，焦急到了极点，睡也睡不着，吃也吃不好。

【示例】　几天来，他因父亲的事情寝食难安。